SHY NOVELS

黒の騎士
Prince of Silva

岩本 薫

イラスト　蓮川 愛

Contents

黒の騎士《ナイト》

Prince of Silva

I

「お目覚めでございますか、レン様」

この声がけで目覚めるのは、もう何度目だろう。

まだ完全には覚醒していない、どこかぼんやりと霞《かす》んだ脳裏で考える。

ジャングルで生まれ、十歳まで彼《か》の地《ち》で育った蓮《れん》が、首都ハヴィーナの高台に建つ白亜の宮殿『パラチオ　デ　シウヴァ』で暮らし始めてからだから、かれこれ八年以上……。

その間、館を取り仕切る執事のロペスは、前日に伝えた時間きっかりに寝室のドアを開け、蓮を起こすという日課を欠かさず遂行してきた。

蓮の記憶にある限り、ロペスがドアを開ける時間は常に正確で、三十秒の誤差もなかった。おそらく起床時間の三分前には寝室の前でスタンバイして、鎖付きの懐中時計をチェックしながら時の経過を待ち、針が定刻を示すと同時にドアを開けているのだろう。

ロペスはそれなりに高齢なので、八年の間には体調が優れない日もあったはずだが、それを蓮に気取らせたことは一度もない。決して出しゃばらず、どんな時も控えめではあるが、その正確無比な仕事ぶりにプロフェッショナルとしての矜持《きょうじ》を感じる。

今朝も、指定の七時きっかりにドアを開けて寝台の蓮に声をかけると、自分は窓に歩み寄り、カーテンを開けた。

寝室に光を入れたのちに、ワゴンを押して天蓋《てんがい》付きの寝台まで近づき、薄目を開けた蓮に朝の挨拶をする。

「おはようございます」

「……おはよう、ロペス」

このやりとりから、蓮の一日は始まるのだ。

ロペスの声で、自動的に体に目覚めのスイッチが入るようになっている。

律儀なロペスが、蓮の足許のフットベンチに横たわる、ブラックジャガーのエルバにも挨拶をした。

「おはようございます、エルバ」

返事の代わりに、エルバがクアーッと大きな口を開けてあくびをする。むくりと起き上がったエルバがフットベンチから床に下り立つと、首輪に繋がっている鎖がじゃらじゃらと音を立てた。鎖のもう片方の端は、寝台の支柱の一本に連結されている。

蓮にとっては、幼い頃から兄弟のように過ごしてきた「弟」でも、一般社会においてはエルバは猛獣だ。エルバを飼う条件として亡き祖父と交わした約束——就寝時と公式の場ではエルバを檻《おり》に入れるか、鎖で繋ぐかのいずれかを選択すること——を蓮はいまでも忠実に守っている。

祖父グスタヴォ・シウヴァ亡きあと、蓮は、南米の小国エストラニオ有数の名門——シウヴァ家の当主となり、相応の権力を手に入れた。

しかし、だからといってその権力を振りかざし、自分勝手に振る舞うつもりはなかった。

むしろ、独《ひと》りよがりにならないように努めて自制してきた。

なんといっても自分はまだ十八で、成人したばかりだ。十歳から帝王教育を受けてはきたが、圧倒的に経験値が足りない。

人生経験が足りないぶんは、年配者の助言を乞うべきだと思うからだ。

権力に対して慎重であるのは、蓮の生い立ちともかかわりがあるかもしれない。

蓮は、グスタヴォの愛娘のイネスと、日本人の植物学者・甲斐谷学《かいやまなぶ》の間に生を受けた。二人が出会った時、イネスには父親が決めた婚約者がいた。父親に結婚を反対された二人は駆け落ちをし、イネスの乳母の縁を頼ってジャングルに逃げた。そのジャングルの奥地で蓮は生まれたのだ。

蓮が生まれてすぐに両親はマラリアで他界してしまい、乳飲み子だった蓮は、イネスの乳母の遠縁の夫婦のもとで育った。生活こそ貧しかったが、育ての両親は蓮を実の息子と分け隔《わへだ》てなく愛してくれた。育ての両親の愛情のおかげもあって、蓮は兄のアンドレとブラックジャガーのエルバと共に、豊かな自然の中でのびのびと成長することができたのだ。

十歳の時、当時はグスタヴォの側近だった鏑木《かぶらぎ》が「シウヴァの跡継ぎ」として迎えに来るまで、蓮はジャングルを半裸で駆け回る生活を送っていた。幼少期に育まれた野生児としての気質は、そうそう簡単には消えてなくならない。

それ故か、ポルトガル王家の流れを汲む名家の家督と巨万の富を受け継ぎ、帝王学や社交術を身につけたいまでも、ジャングルにいる時の自分が本来の姿だという思いがどうしても拭《ぬぐ》えないのだ。

「昨夜はよくお休みになられましたでしょうか」

デュベを捲《めく》り、上半身を起こした蓮の背中に枕を押し込みつつ、ロペスが尋ねてくる。これも毎朝の決まり文句だ。

「うん……よく寝た」

昨日は急遽《きゅうきょ》、仕事をキャンセルして、丸一日オフとした。昼過ぎに目覚め、午後いっぱいを屋敷の中でのんびりと過ごし、夜も早めに就寝した。それでも寝台に横になるやいなや墜落するように眠りに落ち、さっき起こされるまで一度も目が覚めなかった。

それだけ、身心ともに疲れが溜まっていたということなのだろう。

「それはよろしゅうございました」

微笑みを浮かべたロペスが、ワゴンの上からティーポットとカップ&ソーサーを持ち上げ、紅茶を注ぐ。

「お目覚めの紅茶でございます」

手渡された甘いミルクティをひとくちすすり、蓮はほっと息をついた。ミルクティにたっぷりと含まれた糖分に揺り起こされて、頭と体が完全に覚醒するのを感じる。

その後シャワーを浴び、テラスでエルバと朝食を摂《と》った。

チチチ……ピピピと、鳥の囀《さえず》りが聞こえてくる。こんもりとした樹木林に囲まれた『パラチオ デ シウヴァ』の中でも、蓮の部屋はパーム・ガーデンと呼ばれる中庭に面しており、とりわけ緑を多く望めた。

蓮の足許で、エルバが彼の朝食である生肉に噛みつく。

「エルバ、ちゃんとよく噛んでから呑み込めよ」

「グルゥウウ」

エルバが「わかってるよ」と言いたげに喉を鳴らした。

こんなことを言うと、大概の人間は眉をひそめるか口許に失笑を浮かべるが、蓮にはエルバの言葉がわかる。エルバもまた、蓮の言葉がわかる。もちろんエルバが人間の言葉を話すわけではないが、瞳の虹彩の変化や喉の鳴らし方、もしくは動作で、彼が言いたいことは大体察しがつくのだ。逆もまたしかり。エルバとの間で、意思の疎通が困難だった経験は一度もない。

チチチッ。

テラスの手摺りに色鮮やかな小鳥が舞い降りてきて止まった。

蓮は手許のパンをちぎって、小鳥に投げてやる。喜んだ小鳥が床に下り立ち、パンを啄み始めた。さらに数羽が餌《えさ》を求めて舞い降りてきて、テラスはたちどころに賑やかになった。

「レン様、紅茶のおかわりはいかがですか？」

「うん」

ロペスがポットから紅茶を注いでくれる。

こんなふうにゆったりとした気分で朝食を摂るのはひさしぶりだ。昨日は目覚めたのが昼過ぎだったので、朝食は抜かしてしまった。

一昨日——正確には昨日の明け方まで、蓮は……いや、シウヴァの関係者は、一瞬たりとも気の休まることのない緊迫の時間を過ごしていた。

三日前、蓮の亡き叔父ニコラスの娘で、従姉妹《いとこ》のアナ・クララが何者かに拉致されたのだ。

バレエ鑑賞で訪れたオペラ座から、アナは忽然と姿を消した。娘の誘拐にショックを受け、アナの母親のソフィアも倒れてしまった。

その後、誘拐犯から連絡はなく、蓮と側近の鏑木、ソフィアの婚約者のガブリエル、使用人の中では唯一事情を知るロペスは、当日と翌日の二日間を気を揉んで過ごした。

事態が動いたのは誘拐から二日後のことだった。

進捗《しんちょく》がないことに痺れを切らした蓮が、スラム事情に詳しい友人のジンに相談を持ちかけた。すると彼から、稀少価値の高い宝石がスラムの闇ブローカーに持ち込まれたという情報がもたらされたのだ。

タイミング的にもおそらく、誘拐時にアナが提げていたペンダントの宝石である可能性が高い。

そう思った蓮、鏑木、ジン、そしてガブリエルの四名で、闇ブローカーのアルが経営する店に乗り込み、推測どおりに宝石がアナのペンダントトップであることを確認した。

アルを締め上げ、その宝石を持ち込んだのが、スラムを拠点とするストリートギャング『ズンビ』であったことを聞き出した一行は、彼らのアジトへ向かった。

現地で警察官のナオミと合流し、アナ奪還のためにアジトへ攻撃をしかけることになったのだが。

——蓮、おまえはバンに残れ。

——おまえの命はおまえだけのものじゃない。万が一のことがあってはならないんだ。アナは俺とナオミで必ず救い出す。

襲撃の直前に鏑木に同行を禁じられた蓮は、ジンと二人でバンに残ることになった。

けれど蓮にとって、バンの中で大人しく待つことは拷問《ごうもん》に等しかった。いまこの瞬間にも、アナや鏑木が危険な目に遭っているのだと思えば、自分一人が安全圏でじっとしていることなど、とてもできない。

――自分勝手な行動だってわかってる！

――でも俺は、世間がこうであって欲しいと望むようには生きられない。シウヴァのトップである前に、俺は俺だ。心の声に忠実に行動しなかったら、自分じゃなくなってしまう！

――望むとおりに動く操り人形が必要なら、俺でなくてもいいはずだ。俺は……ジャングルで生まれ育った俺がいまここにいるのには、きっとなにか理由があるんだって信じてる。

蓮の主張を、見張り役のジンが渋々受け入れ、蓮とジン、エルバでアジトに入った。

火の手が上がる倉庫内で、アナの匂いを嗅《か》ぎ取《と》ったエルバが地下へと向かう。そのあとを蓮とジンも追いかけ、アナが閉じ込められている部屋を見つけた。

無事にアナを救出することができたまではよかったが、脱出の途中で『ズンビ』のリーダー・レオニダスと鉢合わせしてしまった。

拳銃を構えたレオニダスに「そのガキを渡せ」と脅《おど》された蓮は「いやだ」と拒んだ。

――そうか。じゃあ死ね。

死を覚悟した刹那《せつな》、鏑木が横合いから飛びかかってきて、蓮の体に覆い被さった。

鏑木が撃たれる！

それは蓮にとって、自分の死よりも恐ろしい事態だった。

鏑木が死ぬなんていやだ。自分のせいで死ぬなんていやだ……！

――やめろぉっ！　撃つなぁっ！

絶叫も虚しく、パンッ！　と銃声が響き渡った。

レオニダスの額から勢いよく血しぶきが噴き上がる。後ろに仰《の》け反《ぞ》り、どさりと倒れ込んだ男の向こうに、拳銃を構えたガブリエルが立っていた――。

「………」

無意識のうちに回想に深く入り込んでいた蓮は、ふーっと息を吐いた。

あの時の、心臓が灼《や》き切れそうな不安と焦燥を思い出すだけで、いまでも鼓動が速くなる。

鏑木の生命の危機を救ってくれたガブリエルには、いくら感謝してもし足りない……。

そのガブリエルは、昨日の朝方、救出したアナをソフィアが運ばれた病院に連れていった。アナを誘拐されたショックで倒れ、シウヴァが運営する病院に入院していたソフィアだったが、無事に戻ってきた娘の顔を見て元気を取り戻したようだ。

蓮も鏑木と一緒にソフィアを見舞うつもりだったが、病室に一泊したガブリエルから昼過ぎに連絡があり、夕方には退院するというので、病院には行かなかった。

そして連絡のとおり、ソフィアは昨日の夕刻過ぎ、『パラチオ　デ　シウヴァ』に戻ってきた。

ソフィアとアナの母娘、ソフィアの婚約者であるガブリエルの三名は、現在、蓮が暮らす本館とは別棟の館に暮らしている。

シウヴァの幹部会の意向で、正式な結婚までに一年間の様子見の期間を設けられているためだ。幹部会が出した条件を呑むことと引き替えに、ガブリエルからはすぐにでもソフィアと一緒に暮らしたいという希望が出された。それが受諾され、『パラチオ　デ　シウヴァ』に移ってきたのだ。

三人が病院から戻ってきたという知らせを受けた蓮は、ただちに別館に赴いた。

——レン、心配かけてごめんなさい。

そう言って謝ったソフィアの顔色は、ほぼ普段どおりに回復していた。救出された時はぐったりと疲れ切った様子だったアナも、すっかり元気になっていた。

（……本当によかった）

結局、『ズンビ』リーダーのレオニダスがガブリエルに射殺されたことで、アナの誘拐がレオニダスの単独犯行だったのか、それとも背後に黒幕の存在があったのか……真相は藪《やぶ》の中となってしまったが——。

誘拐事件の経緯については引き続き、セントロ署のナオミが、ギャングの残党から事情聴取を行うことになっている。

「レン様、パンのおかわりはいかがですか？」

「いや……もういい。ご馳走様」

朝食を終えた蓮は、身支度に取りかかった。

昨日の早朝の段階で、蓮の体力が限界にきていることを察した鏑木が、秘書と協議の上、予定していた仕事をすべてキャンセルした。幸いにして日にちをずらすことが可能な予定ばかりだったので、丸一日のオフを作ることができた。

だがそのぶん、今日はいつにも増してびっしりと予定が入っている。

（昨日の穴を埋めるためにもがんばらないと）

自分に活を入れて、着替えを始める。

ロペスがウォークインクロゼットからピックアップしてきた本日のスーツ一式を、シャツから順に身に帯び、カフリンクスを留め、ネクタイを結ぶ。

最後は、ロペスが着せ掛けてくれた上着に袖を通した。

「よくお似合いです」

ロペスがうれしそうに目を細め、蓮は姿見に映った全身をチェックする。

今日のスーツは濃い紺色で、シャツは白、ネクタイはペールイエローだ。ネクタイを結ぶと、男にしては小さな顔と細い首が際立つ。

蓮の目には、ひょろっと手脚が長いだけの自分は貧弱に映った。筋肉がないわけではないけれど、理想とする肉体にはまだほど遠い。

黒い髪と黒い瞳は日本人の父ゆずりだ。ジャングル時代は陽に焼けて小麦色だった肌は、八年の都会生活を経て、いまやすっかり本来の乳白色を取り戻している。

眉のフォルムやアーモンド形の大きな目、細い鼻筋など、顔立ちは母に似ているらしい。生前のイネスを知っている人によく言われる。もっとも母は亜麻色の髪と、シウヴァ家の遺伝である碧《みどり》の瞳の持ち主だった。この特徴は、母の弟の娘であるアナ・クララに引き継がれている。

「………」

十八年間見慣れているはずなのに――いま鏡に映っている自分は――どことなく記憶の中の自分と違う気がした。

どこがどうとは、はっきりとは言えない。

(でも……違う)

なぜ違って見えるのか、理由を突き詰めたら心臓が暴れ出しそうな予感がして、蓮はそこで思考をストップさせた。

オフだった昨日も、あえてその問題から意識を逸らし、考えないようにしていた。その件について考え出したら、リラックスどころじゃなくなるとわかっていたからだ。きっと一日じゅう、ざわざわと騒ぐ心臓を抱えて立ったり座ったり、あるいはあちらこちらを落ち着きなくうろつき回ることになる。

そうなる自分がわかっていたから、思い出したり、反芻《はんすう》したりすることをみずからに禁じた。

禁じたところで頭の片隅に浮かんでしまうのはどうしようもなかったが、自主規制が功を奏してか、一日の大半を「それ」に囚われることだけはかろうじて避けることができた。

一日のインターバルを置いたことで、どうにか心の準備もできた……気がする。

「……ふー……」

無意識にため息が零れた。

どのみち、あと少しで「それ」と直面せざるを得ない。

その時が早くきて欲しいような、永遠にきて欲しくないような……。

相反する心情を持て余しながら、蓮は、左手の中指に嵌《は》めた指輪に触れた。シウヴァの紋章であるモルフォ蝶《ちょう》を象《かたど》った金の台座は、大粒のエメラルドを抱いている。

シウヴァ家当主の証《あかし》の指輪を祖父から受け継いで、一年と十ヶ月。気持ちが不安定になると指輪を弄《いじ》る癖がついたのは、いつからだったか。

指輪から手を離して左手を持ち上げ、腕時計に視線を走らせる。

（……そろそろか）

意識したとたんに走り始めた鼓動を懸命に宥《なだ》めた。あまり挙動不審だとロペスが心配する。

落ち着け。落ち着け。

胸の中で自分に言い聞かせていた時だった。コンコンコンとノックが響く。

「……っ」

心臓がドンッと大きく跳ねた。

（来た！）

ばっと振り返った蓮の目が、寝室の入り口に立つ長身を捉える。約一日ぶりに見る姿に胸が震えた。体温の上昇を意識する。

「ヴィクトール様、おはようございます」

ロペスの挨拶に、男が「おはよう、ロペス」と答えた。エルバがゆっくりと近づいていって、長い脚に体を擦りつける。

「よう、相棒」

エルバに声をかけた男が、身を屈《かが》めて毛並みに触れた。背中を撫でられたエルバが、気持ちよさそうに「グルゥウ」と喉を鳴らす。エルバにとって男は、もうひとりの兄のような存在なのだ。

ヴィクトール・剛《ごう》・鏑木。

代々シウヴァの当主の側近を務める鏑木家の当主で、元軍人。

八年前、蓮をジャングルからここ『パラチオ　デ　シウヴァ』に連れてきた張本人でもある。

日系だが、ヨーロッパの血が四分の一混じる顔立ちは彫りが深く、骨格や筋肉の付き方も欧米人のそれに近い。身長も、蓮が知る誰よりも高かった。そのせいか、スーツがよく似合う。

神秘的な黒髪に、強い意志を秘めた灰褐色の瞳、表現力豊かな口許――精悍《せいかん》なルックスの男はかつて、蓮のよき理解者で、かつ頼りがいのある兄貴分であり、同時に、その身を護る守護者でもあった。

そして現在は、シウヴァが持つたくさんの会社を統轄する中枢セクションに属しており、当主となった蓮の側近で、さらに……。

自分にとって〝特別〟な男を、蓮は覚えず熱の籠《こ》もった眼差しで見つめた。対する鏑木は、平素と寸分の変わりもないニュートラルな物腰で寝室に入ってくる。

立ち尽くす蓮の近くまで歩み寄ってきて、「おはよう、蓮」と言った。

落ち着いた低音も、穏やかな表情も、いつもと同じ。

二人の間に大きな変化があったことを、微塵《みじん》も気取らせない。おそらくロペスは、いま自分たちを見てなんの異変も感じていないだろう。

蓮は顔が強ばるのを意識した。体から力が抜ける。

(やっぱり……なかったことにするんだ)

そうなるだろうと予測していたし、覚悟もしていたが、いざそうなってみると、失望する気持ちは否めなかった。

昨日の明け方――アナ奪還後、屋敷に戻った蓮と鏑木は、まさにこの寝室で体を重ねた。

求めたのは蓮だ。

十八歳の誕生日の夜に、蓮は鏑木への想いを自覚した。

自分の気持ちが友愛でも親愛でもなく、恋愛感情なのだと気がついた。

鏑木への想いは突然生まれたものではなく、彼と過ごした年月の中で、長い時間をかけてゆっくりと育った感情だった。

——おまえが好きだ。

けれど蓮の告白は、鏑木を苦しめるだけだった。

——俺はおまえの気持ちに応《こた》えることはできない。

数日後にはっきりと振られ、物理的な距離を置かれた蓮は、鏑木のためにも諦《あきら》めなければならないと思い詰めた。

鏑木がなにより大切なのはシウヴァの家。

シウヴァに寄り添い、尽くすことが、鏑木の一義であり、よすがでもある。

それを、彼から奪うような真似をしてはいけない。

頭ではわかっているのに、どうしても諦められなくて……。

眠れず、食欲も落ち、やつれた。

鏑木も苦しかったのだろう。その顔から笑みが消えた。

蓮が初めての失恋にもがき苦しんでいる最中に、アナの誘拐という大事件が起こった。

事件解決のクライマックスで、蓮は図らずも、鏑木を失うかもしれないという切迫した状況に身を置くこととなった。それによって、現状のまま鏑木を失ったら、後悔してもし切れないと痛感した。

切実な思いに背中を押された蓮は、現場から戻って二人きりになった際、鏑木に懇願した。

——……一度でいいから……。

——それで……諦める。

——一度だけ……おまえが欲しい。

そうまでして捨て身で縋《すが》る姿を哀れんだのか、それとも、そうすることでこの問題に決着をつけたかったのか。いずれの理由かは定かではないが、結果的に鏑木は自分を抱いてくれた。

あの時間を経て、自分は本当の意味で大人になったのだ。

さっき鏡の中の自分が、どこか違って見えたのはそのせいだ。

いつも自分が寝起きしている寝台で、生まれて初めて好きな相手と抱き合う悦《よろこ》びを知り……同時に切ない予感を抱いた。

たぶん、これが、最初で最後だと。

そしていま、その予感が正しかったことを、蓮と目が合っても顔色一つ変えない鏑木と対峙《たいじ》して思い知った。

従者の「鎧《よろい》」を装着して、生々しい感情を封じ込め、なによりも任務遂行を最優先とする有能な側近。

つい一日前、ここで動物みたいに繋がったことがまるで嘘のように……いつもどおりの鏑木だ。

抱き合えば、鏑木の気持ちも少しは変わるんじゃないかと、淡い期待を抱いたおのれの甘さを胸の中で嗤《わら》う。

（そんなわけないのに……）

鏑木は、「一度だけ抱いてくれたら、それで諦める」という約束のもと、蓮の要望を受け入れることで、あの問題に決着をつけた。

蓮の恋に続きはない。鏑木の中ではもう解決した案件なのだ……。

鏑木が出した結論を覚った蓮は、この場にしゃがみ込みたい衝動を必死に堪《こら》えた。本音では蹲《うずくま》ってしまいたかったが、ロペスの前でそんなことはできない。

鏑木の温情につけ込み、一度でいいからと情けを乞うたのは自分だ。

いろいろと思うところはあっただろうに、鏑木は自分の願いを叶えてくれた。

自分に一生の思い出をくれた。

(これ以上を望むのはわがままずぎる……)

わずかでも気が緩めば溢れ出してしまいそうな想いをぐっと押し戻した蓮は、みずからを奮い立たせるように顎《あご》を上げた。ぴんと背筋を伸ばし、まっすぐ鏑木を見据えて「おはよう」と返す。普段どおりの声が出たことに内心で安堵した。

鏑木を心配させちゃ駄目だ。

わずかでも、負い目を感じさせてはいけない。

「調子はどうだ？」

そう尋ねてきた鏑木の目が、さりげなく自分の顔色や体調をチェックしているのを感じる。

失恋を引き摺って睡眠不足だったところに、アナの件で夜を徹してスラムを走り回り、そのまま明け方に生まれて初めてのセックスという——肉体的にも精神的にも過酷な体験をした蓮を、案じてのことだろう。

「いいよ。昨日はぐっすり眠れたし……一日休ませてもらったから」

「……そうか。ならよかった」

鏑木が言葉どおりに、ほっとした声を出した。

「昨日オフを取ったぶん、今日はハードスケジュールになるからな」

「うん……わかっている」

「ヴィクトール様、お茶をいかがですか？」

「ありがとう。だが、日程が立て込んでいてあまり時間の余裕がないんだ」

ロペスの申し出を鏑木がやんわりと退け、蓮を見る。

「スケジュールに関しては車の中で話す。もう出られるか？」

問いかけられた蓮は、オフィシャルモードにスイッチを切り替え、うなずいた。

「大丈夫だ」


ハードな一日が終わった。

普段より三割増しの過密スケジュールで、本当に息つく間もなかった。

昼食は移動中のリムジンの中で済ませ、夕方から会食、その後いったん帰館してタキシードに着替え、有力政治家主催のパーティに顔を出した。

政治家や関係者で溢れたパーティ会場から解放され、『パラチオ　デ　シウヴァ』に戻ってきた時には、夜の十時を過ぎていた。

肉体的にはキツかったが、精神的には忙しいのは助かった。分刻みでびっしりと予定が詰まっていたほうが、余計なことを考えずに済む。

事実、次から次へと新しい局面に対応せねばならず、私情に囚われずに済んだ。悶々《もんもん》と思い悩む心の余裕もなかったというのが正直なところだ。

そのくらいのほうが、いまの蓮にはちょうどよかった。

(それより、このあと一人になるのが怖い)

きっと止めどなくあれこれと考えてしまうから……。

「疲れただろう？」

主室のソファに腰掛け、バタフライタイを緩めていると、タキシードの鏑木が蓮の斜め前に立って声をかけてきた。

「……ちょっとだけ」

ここは正直に答える。「全然平気」と言うのは、あまりに嘘くさいと思ったからだ。

朝からこの時間まで、片時も離れることなく蓮の側に付き添っていた鏑木には、一日の行動のすべてを知られている。誤魔化すのは無理があるというものだ。

鏑木は一時期、「適切な距離感を摑むまでは物理的な距離を置く」と宣言して、一日の終わりに蓮の部屋に立ち寄るのをやめていた。

おそらくは蓮の恋情の鎮火を意図して、二人きりになるのを避けていたのだろう。

だが今夜は、日程がタイトすぎて明日の打ち合わせの時間が取れなかったせいもあり、帰りがけに蓮の部屋に寄った。ロペスはもう下がっており、現在は主室に二人だけだ。

アナの誘拐以降、事件に対応するために、「二人きりでは会わない」というルールにこだわってはいられなくなっていた。

このままなし崩しに、ルールがなくなるのか。

それとも今夜はイレギュラーで、明日からまた「適切な距離感」が復活するのか。

そのあたりも、いま鏑木の中でどう線引きされているのか、蓮にはわからない。

そもそも自分たちはこの先、どうなっていくのか。

恋愛関係に進むことはないとしても、主従としての繋がりは継続していくと考えていいのか。

場合によっては責任感の強い鏑木が、主従の一線を越えた件に罪悪感を抱き、側近を辞めると言い出す可能性だって考えられなくはなかった。蓮としては、そこが目下一番の心配どころだった。

でも今朝は普通に迎えに来て、通常どおりに仕事をしたということは、少なくとも最悪の事態は避けられたと考えていいのだろうか。

だとしても今後は、抱き合った件はなかったこととして、素知らぬ振りで過ごしていくのか。

当の鏑木に対してさえ、一切口に出してはいけないのだろうか。

一生涯、二人だけの秘密として、お互いの胸の奥深くに仕舞い込んでいくのか。

昨日から今日にかけて自分に課していた封印を解き、二人の間に起こった出来事について考え出すと、次々と疑問が湧き出てくる。

それらの疑問も鏑木にぶつけたかったたし、また今後についても話し合いたかったので、二人の時間を持つことができてよかった。

もちろん、単純に鏑木と二人きりになれてうれしいというのもある。

鏑木が自分に、そういう意味では情を持っていないことがわかっているから、いま蓮の中にあるのはうれしいという気持ちだけじゃない。切なくもあるし、苦しくもある。

それでもやっぱり好きだから、少しでも一緒にいたいし、できれば二人だけの時間を持ちたい。

一度想いが叶えば諦めがつくと思ったけれど……結局、体を重ねたことでより一層気持ちが募ってしまった。

こんな想い、消してしまうのが一番いいのに。鏑木のためにも。誰のためにも。

でも人間の気持ちは、そんなに簡単じゃない。

頭で考えたとおりにコントロールできるものじゃないのだと、改めて感じた。

「疲れているようだから、明日の朝にするか」

つい思索に入り込み、ぼんやりしてしまう蓮を気遣ってか、鏑木が声をかけてくる。

「あ、いや……大丈夫」

蓮はあわてて首を横に振った。

はっきりしないまま明日に持ち越すのは心情的に辛い。プライベートな話し合いをするためにも、まずは仕事を片付けなければ。

そう思った蓮は背筋を伸ばし、「打ち合わせをしよう」と言った。

束の間、鏑木は気遣わしげな表情を浮かべたが、すぐに「わかった」と応じる。蓮と向かい合わせの肘掛け椅子に腰を下ろし、ローテーブルの上にジュラルミン製のアタッシェケースを置いた。

パチン、パチンとロックを外し、中から書類を取り出す。

「これが明日の午前中のテレビ会議の資料だ。結構な分量があるので、できれば今夜中にざっと目を通しておいて欲しい」

「わかった」

「それと明後日、シウヴァの執行役員が集まる会議がある。定例経営会議だが、この会議で話し合われる案件をまとめたものがこれだ。明後日までに目を通しておいてくれ」

「了解」

「それから、こっちの束が午後に行われるシウヴァ主催のチャリティイベントのスピーチ草稿。暗記する必要はない。いま目を通して、気になる点や改善点があれば言ってくれ」

差し出された紙の束を受け取り、蓮は草稿に目を通した。

こういった仕事にかかわる下準備を、鏑木はいつも蓮と別れたあとに自宅で行っている。ものによっては秘書が分担するし、部下に割り振ってもいるが、最終の段階で必ず自分でチェックして、手直しをしてから蓮に渡してくる。

その仕事は、いつも完璧だ。有能な鏑木とスタッフのおかげで、蓮は仕事上のストレスとは無縁でいられる。

有り体《てい》に言って、いまの蓮は、鏑木とシウヴァの幹部会がお膳立てしてくれたレールの上をただ歩いているだけだ。傀儡《かいらい》と陰口を叩かれても仕方がない。

このままじゃいけない。いつかは自分の意思で進路を定めて歩かなければと思うけれど、いまはまだ残念ながらそこまでの力がないのが実情だ。

「……うん、問題ないと思う」

「そうか。じゃあこれでいこう」

鏑木が草稿をアタッシェケースに戻し、ふたたびロックを掛けて立ち上がる。

「以上だ。お疲れ」

アタッシェケースを手に提げた鏑木に、蓮は「えっ……」と動揺の声をあげた。思わずソファから腰を浮かせる。

「か、帰るのか？」

上擦った声の確認に、鏑木は無表情にうなずく。

「おまえも疲れているだろう。俺もまだ明日のための作業が残っているからな」

（って、あの話は？）

昨日のことについてはなにも話さないのか？　これからのことも？

縋るような眼差しを鏑木に向けたとたん、すっと顔を背けられた。

「……………っ」

露骨な拒絶にショックを受ける。

鏑木は、あの件について自分と話すつもりはないのだ。

このままだと本当に、なかったこととして消去される……。

二人の歴史の中で、あの時間だけが切り取られ、葬り去られてしまう。

熱く抱き合ったのは、つい昨日の朝のことなのに。

あれから二日も経っていない。

まだ……体の奥に鏑木の「熱」が残っているような気さえするのに……。

胸の奥から切なくもやるせない気持ちがどっと込み上げてきて、その心情に圧《お》されるように、蓮は足を踏み出した。ローテーブルを迂回して鏑木に近づく。

頑《かたく》なに自分を見ようとしない、よそよそしい男の腕を摑んだ。

今日一日、鏑木はわざとか否か、蓮に触れなかった。なにげないスキンシップも皆無で……だから体に触れるのは昨日の朝以来だ。

摑んだ腕を引っ張る。鏑木がわずかに身じろぎ、こちらに顔を向けた。これといった表情はなく、仮面のようなポーカーフェイスだ。

目と目が合った。

光の加減によって、黒にもグレイにも焦げ茶にも見える灰褐色の瞳を見つめていると、抱き合った際の記憶がじわじわと蘇ってくる。

――力を抜け。……俺にすべてを預けろ。

愛する男を体内に受け入れ、苦しいくらいにみっしりと鏑木で埋め尽くされた。

鏑木が自分の中にいる。

自分の気持ちに気がつく前からずっと、潜在意識でこうなりたかったことを蓮は身を以《もっ》て知った。

鏑木がカットソーを捲り上げて肩甲骨にくちづける。

蓮がシウヴァの血を引く証である——蝶の痣《あざ》に。

シウヴァの紋章にくちづけたまま、鏑木はしばらく動かなかった。なにかを噛み締めるみたいにじっと静止していた。

その後、一転して激しく攻め立てられ、未知の官能を引き摺り出されて……。

——いいか？

——いい……もち……いい。

本当に気持ちよくて、頭のいろんな場所で小さな爆発がたくさん起こった。

鏑木を受け入れての射精は、いままで経験した中でもっとも長く、蓮はおびただしい量の精液を撒《ま》き散《ち》らした。

鏑木も自分で欲情してくれていると知った時、甘く痺れるような感覚が背筋を駆け抜けた。

——蓮……蓮……っ。

自分を呼ぶ切羽詰まった声。

共に絶頂への階《きざはし》を駆け上がり、自分の最奥《さいおう》で鏑木がひときわ大きく膨らみ、そして弾けた瞬間の、たとえようもない幸福感。生まれて初めて知った悦楽。

あれをもう一度味わいたい。

あれだけじゃ足りない。もっと……。

（……もっと）

無意識のうちに、物欲しげな表情《かお》をしていたのかもしれない。鏑木がぴくっと眉を動かした。

一度でいい、それで諦めるからと懇願したのに、こんなふうに思うのはおかしいとわかっている。話が違うと苛立たれても仕方がない。

（それでもどうしようもなく……おまえが……）

「蓮」

低音で呼ばれて、蓮は肩を揺らした。鏑木の顔を穴のあくほど凝視していた自分に気がつき、ゆっくりと両目を瞬《しばた》かせる。

「……なに？」

刹那、鏑木の面《おもて》に緊張が走った。一瞬の揺らぎを見せたあとで、ふたたびポーカーフェイスを取り戻した鏑木が口を開く。

「近くナオミと結婚するつもりだ」

とっさには、鏑木がなにを言っているのかわからなかった。音として捉えはしたが、言葉の意味が摑めない。

（なに？　どういう意味？）

意味がわからないのでリアクションが取れず、ぼーっとしていると、鏑木がもう一度唇を開く。言い含めるような重々しい声音で告げた。

「ナオミと結婚する」

「結……婚？」

やっとシナプスが繋がり、鏑木の発言の意味を理解する。と同時に、後頭部を鈍器でガツッと殴りつけられたような衝撃に襲われた。

体が急速に体温を失い、小刻みな震えが全身に広がる。氷水に浸したがごとく冷え切った指先を、蓮はぎゅっと握り締めた。

鏑木とナオミが結婚する。

二人は許婚《いいなずけ》同士《どうし》なのだから自然な流れだ。遅かれ早かれ、いつかはこうなることはわかっていた。

わかっていたけれど……どうしても認めたくなくて、そこから目を逸らし続けてきたのだ。

「プ、ロポーズ……したの、か？」

わななく唇で、かろうじてそれだけを口にする。

「まだだ」

その回答に救われたのも、わずか数秒だった。

「近々会ってプロポーズする。受けてもらえると思う」

「…………」

それは……そうだろう。たぶん長年待ち望んでいたに違いないプロポーズを、ナオミが断るとは考えにくい。ナオミでなくても、鏑木に求婚されて断る女性がいるとは思えなかった。

ナオミがプロポーズを受ければ、話はとんとん拍子に進むはずだ。

二人の結婚式を想像した瞬間、素手で鷲掴《わしづか》みにされたみたいに心臓がギリギリと痛む。

「い……つから？」

これ以上は聞きたくないと思うのに、気がつくと蓮は問いを重ねていた。

「決めて……たんだ？」

「昨日一日考えて決めた」

鏑木が、わざと感情を排したような無表情で淡々と答える。

「昨日……」

つまり——自分と抱き合ったあとで？

これまでの鏑木は、ナオミとの結婚について、いずれはと考えているものの、仕事の忙しさもあって踏ん切りがつかずにいたようだった。

それがついに重い腰を上げた。

きっかけは、自分と抱き合ったこと。

あの時間が、鏑木の背中を押した……。

自分で自分の首を絞めたことを知り、蓮は呆然と鏑木を見つめた。

蓮の初恋に最後通告を突きつけた男を、言葉もなく、ただ見つめることしかできなかった。

結果的に蓮は、鏑木に二度振られた。

一度目は告白の時。

そして昨日。ナオミとの結婚を決めることによって、鏑木は蓮に最終宣告を下したのだ。

自分たちの関係に先はない。二度目はない。

あれ以上の進展はないのだ、と。

鏑木はオフの一昨日一日かけて悩み抜き、自分がナオミと結婚することでしか、蓮を諦めさせることはできないという考えに至ったのかもしれない。

その考えは当たっている。

いや、外れている。

結婚を知っても、自分の中の鏑木を好きな気持ちはまったく薄れていない。一グラムも減っていないことを、今日一日で思い知ったからだ。

ナオミとの結婚を知らされた翌日――すなわち今日、蓮は一睡もできないまま朝を迎え、鏑木に弱っている自分を見せてはならないというその気力だけで、どうにか一日を乗り切った。

衝撃を表に出せば、また鏑木がみずからを責める。自分が側にいることで蓮が苦しむと思い詰め、側近を辞めると言い出すかもしれない。

それだけはいやだった。

主従の繋がりまで失ったら……生きていけない。

ただでさえ、初めて好きな相手と抱き合えた幸福感に酔いしれる暇も与えられず、当の相手から他の女性との結婚話を聞かされたのだ。ふわふわと舞い上がっていた天空で撃墜され、一気に地上に叩きつけられたに等しい。

一方の鏑木は、ここで甘い顔を見せては元も子もないとでも思っているのか、心なしか一日じゅうよそよそしかった。側近としてやるべきことはきちんとそつなくこなしていたが、蓮とは必要最低限のコミュニケーションしか取らず、あえて一定の距離を置いていた。

口調も事務的で、顔は鉄壁の無表情。

突き放すようなつれない態度に、傷口に塩を塗り込まれているような気分になった。

それでも、嫌いにはなれない。

もしかしたら鏑木は嫌われたいと思っているのかもしれないが、そんなに簡単じゃない。

八年分の蓄積された想いはそう簡単には無くならない。

さらに体を重ねたことで、恋情だけにとどまらず、絡みつくような執着心も芽生えてしまった……。

（……だから苦しい）

バスタブの中で膝を抱えていた蓮は、「ふー……」と息を吐いた。いつの間にかお湯が冷めて、浸かっているには肌寒い温度になっている。

ざばっと立ち上がり、バスタブから出て、シャワーブースで髪と体を洗った。おかげで体はさっぱりしたが、心は晴れない。どんよりと重苦しい気分を携えてバスローブを羽織り、タオルで髪を拭った。

バスルームから出たところで、主室がコンコンコンとノックされる。

一瞬、鏑木かと思ってドキッとした。だが鏑木は、今夜は蓮の部屋に立ち寄らずに帰宅していた。玄関前のエントランスで別れて、かれこれ一時間は経つので違うだろう。ロペスもとうに下がっている。

こんな時間に訪ねてくる人物に心当たりはない。

誰だろうと首を捻《ひね》りつつ主室に移動すると、エルバがドアの前でうろうろしていた。

「エルバ、どいてくれ。ドアが開けられない」

「グルゥウウ」

エルバが身を引くのを待ち、解錠してドアを開ける。

ドアの向こうに立っていたのは、蓮とそう変わらない年頃の男だった。まっすぐな黒髪に、眦《まなじり》が深く切れ込んだ目が印象的な若い男。

「よう」

左耳にピアスをつけた男が左手を上げて挨拶をした。

「ジン！」

「帰ってきてるって聞いたからさ。入っていいか？」

「もちろん」

唯一の同年代の友人と言ってもいい男を、室内に招き入れる。エルバが「グルゥ」と喉を鳴らし、ジンも「よう、黒いの」と、その背中を撫でた。

「おまえはいつ退院したんだ？」

蓮の問いかけに、ジンが「今日の夕方」と答える。

「もう平気だって言ってんのに、念のために様子を見るとかって二晩も入院させられてさ。退屈でたまんなかったぜ。ま、担当のナースがかわいかったから耐えられたけど」

そうぼやいて肩を竦《すく》めた。ややスレた仕草だが、ジンがやると様になって見える。

ジンとの出会いは二年前。蓮がこっそり屋敷を抜け出して、スラムを訪れた夜が初対面だった。境遇や性格など対照的な二人だが、なぜか馬が合い、以降は定期的に顔を合わせる機会を作ってきた。スラム育ちで裏の社会に詳しいジンの話は、蓮にとってすべてが目新しく、興味が尽きなかった。

「腕はもういいのか？」

「もともとかすっただけだから大したことねーよ。舐めときゃ三日で治るレベル」

アナ奪還の際に、ジンはレオニダスに撃たれて負傷したのだ。かすり傷ではあったが、化膿する可能性を危惧して、念のためにシウヴァが運営する病院に搬送した。結果、そのまま入院となった。

「……よかった」

病院側から報告は受けていたが、実際にジンの元気な様子を見てほっとする。

「ロペスさんが部屋を用意してくれてさ。必要なものがあったらなんでも言ってくれって」

「うん、遠慮しないでのんびりしてくれ」

「悪いな」

「とんでもない。こっちこそ迷惑をかけた」

蓮たちの味方をしたことで、ジンは生来のテリトリーであるスラムに敵を作った。裏切り者のレッテルを貼られたら、スラムでは生きていけない。

最悪の場合、危害を加えられるリスクもあるので、当分の間は『パラチオ　デ　シウヴァ』に滞在して欲しいと蓮から頼んだのだ。アナを救うために力になってくれたジンに、今度は蓮が恩を返す番だ。できる限りのケアとフォローはするつもりだった。

ジン自身も身の危険を感じたらしく、蓮の申し出を「しばらく世話になる」と受けてくれた。

「好きなだけいてくれて構わないから」

蓮としては、恩返しの意味だけでなく、ジンが近くにいてくれるのは心強い。

鏑木とこじれてしまったいま、ジンは蓮にとってただ一人の、心を許してなんでも話せる存在だった。

「なんかめっちゃ立派な部屋で落ち着かねーんだけど」

「俺もそうだった」

「おまえも？」

意外そうな顔をしたジンが、主室のソファに腰を下ろす。蓮もジンの隣に腰掛けた。

「ジャングル育ちで、ずっと外のハンモックで寝ていたし、まず室内のベッドで眠るのがしっくりこなくて。慣れるまで二ヶ月ほどバルコニーで寝ていた」

「……へー」

「ジャングルからここに来るまでの経緯って、話してなかったか？」

「ジャングルで育ったってのはざっくり聞いてたけど、詳しい話は知らねー」

ジンが興味をそそられた顔をしたので、蓮は自分の生い立ちを語り始める。

両親が駆け落ちして、ジャングルの奥地で自分を産んだこと。生後まもなく立て続けに両親が亡くなってしまい、自分は養父母に育てられたこと。

十歳の時、祖父に命じられた鏑木が迎えに来たこと。

――きみは蓮だな？

――俺たちはきみを迎えに来たんだ。

そう告げた鏑木の声を、昨日のことのように思い出す。

樹冠に隠れていた自分を見つけ出し、鏑木が手を差し伸べてきたあの時。

シウヴァという巨大な運命の歯車は回り始めたのだ。

『パラチオ　デ　シウヴァ』に連れてこられた日から、自分の生活は一変した。ジャングルを自由に走り回る生活からシウヴァの一員としての規律に則《のっと》った暮らしへと劇的に変化した。

（鏑木が……変えたんだ）

鏑木の存在が自分にとっていかに大きいかを改めて噛み締める。

「……レン？」

ジンに呼ばれて、蓮ははっと我に返った。

「あ……ごめん」

「いいけど。……そっか、カブラギサンがおまえのことをジャングルまで迎えに行ったのか」

「…………」

「レン」

肘で小突かれ、びくんと震える。

「な、なに？」

「なにじゃねーよ。さっきからぼんやりして。なんか変だな……おまえさ、なんかあったか？」

ジンが顔を覗き込んできた。切れ長の双眸《そうぼう》でじっと見つめられた蓮は、反射的に目を伏せる。

「なんかって……別に」

「別にって顔じゃねーだろ。雰囲気くれーし。なに？　カブラギサンとなんかあった？」

図星を指されてぎくっとした。すぐに「ないよ」と否定したが、そんなことでジンは誤魔化されない。

「やっぱなー。だと思ったよ」

訳知り顔でうなずかれ、こめかみのあたりがじわっと熱くなった。

「なにが、やっぱなんだよ？」

「おまえがへこむ原因って、あの人かアナの二択じゃん。で、アナの問題は片がついたわけだし、そっちを除いたら、残るはカブラギサンだろ」

論理的に追及されて、シラを切り通せなくなる。少しの間、上気した蓮の顔を凝視していたジンが、

「前から思ってたんだけど」と切り出してきた。

「おまえらさ」

そこで意味深長な一拍を置き、やおら続ける。

「デキてんの？」

「……っ……」

いきなり核心をつかれ、蓮は息を吞んだ。

「デキ？　……え……っ」

不意を突かれて狼狽《うろた》える蓮を、ジンは容赦なく追い詰めてくる。

「そうなんだろ？」

首を横に振ることもできずに、蓮は口をぱくぱくさせた。

「な、なん……」

「あー……大丈夫。俺、そういうの偏見ねーから。つか、おまえらの場合はさ、絆《きずな》が深すぎるから、おまえがあの人しか目に入らない感じになっちまうのもしょーがねー気がすんだよな」

「…………」

もはや躱《かわ》しきれないのを悟り、蓮は深い息を吐く。

正面のジンの目が、「言えよ。聞いてやるから言って楽になれよ」と促しているように思えた。たぶん、自分の顔に「言ってしまいたい」と書いてあるんだろう。

誰かに聞いてもらいたい。

胸の中を占拠している、コールタールみたいにねっとりとした黒い感情を吐き出してしまいたい。

これ以上、自分一人で抱え込んでいるのは限界だった。

それにジンは口が固い。友人の秘密をペラペラとしゃべるようなやつじゃない。そこは信用できる。同じ年だけど、人生経験は蓮よりずっと豊富だ。

一回大きく深呼吸して、混乱した思考を整理した蓮は、ゆっくりと口を開いた。

「……そうじゃない。俺が一方的に鏑木を好きなんだ」

告白した瞬間、解放感で胸がすっとする。少しだけ気持ちが楽になった。

「男同士なのにおかしいって思うか？」

「いや、あの人ちょっと怖いけど、仕事デキるしつえーし包容力ハンパねーし……男としてのレベルが高いから、おまえが好きになっちまうのはわからなくもないよ」

ジンがそう言ってくれたので救われた気分になる。

「……んで？」

「好きだって告白したけど、振られた。それに鏑木にはナオミっていう許婚がいる。二人はもうすぐ結婚する」

自分で自分の発言に傷つき、蓮は顔を歪ませた。

「あの二人、本当に結婚すんのか？」

「そう鏑木が言っていた」

「確かにいい女ではあるけどさ」

どこか腑に落ちないといった面持ちでつぶやいてから、ジンが前髪を掻き上げる。

「まぁ許婚うんぬんはさておき……本心はどうあれ、あの人がおまえを受け入れるとは思えねー」

断言口調がさくっと胸に突き刺さり、蓮は痛みに眉をひそめた。

「あれだけ使命感の強い人は滅多にいないからな。あの人にとってなにより大事なのはシウヴァの家だ」

かつてのガブリエルと同じようなことをジンが言う。

「おまえの気持ちを受け入れたら、シウヴァは土台から揺らぐ。シウヴァを危機に陥《おとし》れるような真似を、あの人がするとは思えない。責任感の塊《かたまり》みてーな人だし、俺らよりずっと大人だしな」

「………」

ジンの口からも、自分と同じ結論が出た。

客観的に見ても、自分たちの関係に進展は望めないのだ……。

「鏑木が俺の気持ちを受け入れる可能性はゼロってことか」

全身から悲愴感《ひそうかん》を漂わせる蓮に、ジンが気の毒そうな顔をする。だが、次の瞬間にはクールな表情に戻った。

「おまえにとっちゃ初恋で、いまは辛いかもしれないけど、失恋なんてそうめずらしいもんじゃない。誰だって経験するし、みんなそれを乗り越えて強くなるんだ。あと半年もしたら、そんなこともあったなって懐《なつ》かしく思い出せるって」

そうだろうか？　本当に？

この胸の痛みが薄れる日がいつかくるのか？

鏑木への気持ちが消える日が？

（とてもそうは思えない……）

疑念を抱いていると、ジンが肩に腕を回してきた。

「おまえはさ、みんなに護られてて、ごくごく限られた人間関係の中にいるから、カブラギサンしか見えなくなるんだよ。この地球上には七十億以上の人間がいるんだぜ？　もっと積極的に、いろんな人間と会って話をしてみろよ。仕事じゃなくてプライベートでさ」

耳許に囁《ささや》き、蓮の二の腕をぽんと叩く。

「その中には、おまえにぴったりの相手が絶対にいるって。その子と出会ったら、カブラギサンのことなんてあっという間に忘れちまう。なんであんなことで悩んでたんだろうって笑い話になる」

「…………」

「だから元気出せ」

励ましてくれるジンの気持ちは有り難かったが、他の誰と出会っても、鏑木より好きになれるとは思えなかった。

II

ジンが『パラチオ　デ　シウヴァ』で暮らすようになったことで、蓮《れん》の生活は以前よりも賑やかになった。

少し前までシウヴァの館の住人は、当主の蓮に加え、別館に暮らすアナ・クララとソフィアの計三名だった。そのたった三名の生活を、ロペスを筆頭とした八十名余りの使用人が支えていた。

しかしいまは、別館にガブリエルも暮らす。

そこにジンが加わって、住人が総勢五名となったのだ。

広大な敷地面積と部屋数を考えれば五人でも少なすぎるくらいだが、それでも二人増えたのは大きい。

とりわけ鏑木《かぶらぎ》への失恋が確定し、失意のどん底にある蓮にとって、新しい住人の存在は支えになった。

休みの日になると、アナとソフィア、ガブリエルが本館に顔を出し、ジンを含めて五人で食事を摂《と》ったり、庭でガーデンパーティをしたり、ラウンジでミニコンサートを開いたりと、くつろぎの時間を持てるようになったからだ。

昔はなにかイベントがある際には、必ず鏑木も顔を出していたが、最近は不参加が続いていた。

オフの日はナオミとデートがあるのだろうと思うと、蓮も誘う気になれない。

あの結婚宣言のあと、ナオミとの結婚話がどの程度進行しているのか、蓮は知らなかった。

本来ならば主人筋として、結婚式やウエディングパーティに出席するのはもちろんのこと、祝いの品を贈り、休暇を与えるべきだと頭ではわかっていた。

シウヴァと鏑木家のつきあいの長さと深さを考えれば、積極的にかかわって当然だ。

そのためにも、式の日取りを含めた進捗《しんちょく》を聞き出す必要がある。

わかっていたが、どうしても訊けなかった。鏑木がなにも言わないのをいいことに、蓮は結婚の話題をスルーし続けた。

幸せそうな二人を想起させる話を、鏑木の口から聞きたくなかったからだ。

そしてそれは、そう難しいことでもなかった。

この一ヶ月、鏑木との間にプライベートな会話はほぼないに等しかったから。

話したとしてもせいぜいが、天候の話題、社会情勢、いま世間を騒がせている事件など、通り一遍の世間話に限られていた。

仕事がある日は、もちろん顔を合わせている。

以前と変わらず、鏑木は毎朝定時に迎えに来ては、一緒にリムジンに乗り、側近として共に日程をこなす。帰りもリムジンに同乗し『パラチオ　デ　シウヴァ』まで蓮を送る。

ただ、蓮の部屋に立ち寄ることは完全になくなった。

翌日のための事前打ち合わせを帰りの車中で行い、車寄せにつけたリムジンから降りる蓮を館のエントランスまで見送ると、そこで引き返す。

二人きりで過ごす時間は、ゼロになった。一緒の時は必ず第三者を同席させる。そこは徹底していた。

つまり、アナの事件が起こる前に戻ったということだ。

抱き合った事実などまるでなかったかのようにリセットされ、鏑木が望むところの「適切な距離感」に戻った……。

時折ふと、あれは夢だったんじゃないかという疑念が浮かぶ。

側近の鎧《よろい》を身につけた男の、どことなく他人行儀な態度を見るにつけ、生身の熱い鏑木に触れられた時間があったことすら信じられなくなる。

あれは……自分の欲望が見せた幻だったんじゃないのか？

（むしろ、そうならまだ楽だった）

鏑木の「熱」を知る前だったら……ここまで苦しくなかったかもしれない。

こんなに、体じゅうが鏑木を求めて悲鳴をあげることもなかったのかもしれない。

でも、あれは自分で求めたことだ。

蓮が懇願して抱いてもらった。

鏑木は、少しも悪くない。

悪いのは自分だ。なにもかも自分が引き起こした結果。

勝手に好きになって、振られたのに諦《あきら》めきれず、なおも縋《すが》って……。

無理を言って、一度だけの約束で受け入れてもらったのに、まだ未練たらたらの自分。

鏑木の幸せを祝福できない自分。

それどころかナオミに嫉妬してしまう自分。

浅ましくて醜い……自分。

日を追って、自分を嫌いになっていく。

どこにも持って行き場のない、どろどろとした黒い感情に搦《から》め捕《と》られて、常に息が苦しい。

胸の真ん中あたりに、いつも湿った綿が詰まっているような違和感がある。

寝つけず、眠りが浅いのはもはや日常化しており、かかりつけの医師に相談して、鏑木には内緒で睡眠導入剤を処方してもらった。食欲もないが、食べないと倒れるので無理矢理胃に押し込んでいる。鏑木と別れて一人になってから、こっそり吐くことも少なくない。

そうまでしても、表面上は普通を装いたかった。

鏑木に負い目を感じさせたくない。

鏑木は、おのれのプライベートを犠牲にして、シウヴァと自分に尽くしてくれた。充分すぎるほどに。

そんな彼が選び取った幸せに水を差したくない。

自分にできるのは、それぐらいだから……。

「——レン……レン」

無意識のうちに物思いに沈んでいた蓮は、耳許の呼びかけにびくっと震えた。はっと我に返って声のするほうに顔を向けると、ジンの切れ長の双眸《そうぼう》とぶつかる。

「……なに？」

「なにじゃねーよ。またぼーっとして」

ジンが睨《にら》みつけてきた。

「……ごめん」

日曜日の夜――『パラチオ　デ　シウヴァ』本館の食堂にて、住人が顔を揃えたディナータイムを過ごしたのち、全員でサロンに移動した。

女性陣は平皿に盛りつけたデセールとハーブティを、ガブリエルは食後酒のカシャッサを、ジンは貴腐ワイン、蓮は珈琲《コーヒー》をそれぞれ手許に置いて談笑していたのだが。

いつの間にか、蓮の珈琲はすっかり冷めてしまっている。

ここ最近はみんなと一緒にいても、ちょっと気が緩むと自分の世界に入ってしまっていることが多く、ジンにはたびたび注意されていた。……なのにまたやってしまった。

「レンお兄ちゃま、お仕事忙しいの？」

ソフィアとガブリエルに挟まれる形でソファに腰掛けているアナが、心配そうに尋ねてくる。亜麻色の巻髪を垂らし、たっぷりとレースがあしらわれた白のワンピースを身につけたその姿は、まさしく西洋人形《ビスクドール》そのものだ。

「あ、いや……そうでもないよ。大丈夫」

あわてて否定したが、アナは碧《みどり》の大きな目でじっと見つめてくる。

「本当？　このところ元気がない気がするけれど」

大人びた口調で蓮を案じるアナ自身は、誘拐事件から一ヶ月が過ぎて当時の記憶も薄れてきたらしく、本来の明るさを完全に取り戻している。今日も、みんなが揃っているのがうれしかったのか、夕食の間じゅうよくしゃべり、よく笑っていた。愛らしくて明るいアナの存在が、『パラチオ　デ　シウヴァ』に光をもたらしているのは間違いない。

「そうね。なんだか顔色がよくないし……また痩《や》せたんじゃない？」

ソフィアも娘の意見に賛同する。

女性陣に追及されて困っていると、まるで助け船を出すようにガブリエルが「レンはもともとスリムだよ」と言った。かくいうガブリエルこそすらっと手足が長くスマートだ。そのスタイルの良さを、洗練された優雅な物腰が引き立てる。三十を過ぎて「王子様みたい」とアナに言わしめる主要因に、銀の髪と白い肌、サファイアの瞳が大きく関与しているのは確かだった。

「それはそうだけど、痩せすぎもよくないわよ」

「こう見えて、それなりに筋肉もついているよ。専用のトレーナーについてトレーニングしているし」

蓮の反論に、「そうは見えないわ」とソフィアが反撃し返す。

「前はちょうどいいスリム体形だったけど、いまはどう見ても痩せすぎよ。今夜のディナーだって半分以上残していたじゃない」

どうやらしっかりチェックされていたようだ。

「今日はちょっと食欲がなくて……」

「今日だけじゃないでしょう？」

「やれやれ、ソフィア、きみはまるでレンの母親だね」

ガブリエルに指摘されたソフィアが、「だって」と口を尖《とが》らせる。

「レンは大切な家族ですもの……心配だわ」

「きみの家族想いなところが私も大好きだけれどね」

美しい婚約者に囁《ささや》かれたソフィアが、ぽっと顔を赤らめた。

「干渉はほどほどに。この年頃の男の子にはいろいろあるんだ」

「あら……」

目を見開くソフィアににっこりと微笑みかけたガブリエルが、カシャッサのグラスを置いてソファから立ち上がる。

「レン、ビリヤードをしないか？」

ガブリエルに誘われた蓮は、内心ほっとして「うん」とうなずいた。

「ジン、きみは？」

ガブリエルの問いかけに、ジンが「ナインボール？」と訊く。

「いいよ」

「いくら賭ける？」

美貌の男が、ふっと口許で笑った。

「きみの好きなレートで構わない」

鷹揚《おうよう》ないらえにジンがにっと唇の片端を引き上げる。

「そうこなくっちゃ。よし、やろうぜ！」

俄然《がぜん》やる気を出したジンが勢いよく立ち上がり、蓮も続いた。

「いってらっしゃーい」

アナが手を振る。

「食べ終わったら様子を見に行くわ」

デセールを食べている女性二人を残して、三人でビリヤードルームに向かった。

天井の高い広々としたビリヤード専用の空間には、ポケットテーブルが二台、キャロムテーブルが一台、計三台のテーブルがセッティングされている。壁にはスコアボードとキューラックが備え付けられ、ところどころにギャラリーのための椅子やテーブルが置かれていた。

「こっちにしよう」

ガブリエルが二台あるポケットテーブルのうち、一台をチョイスする。その後、壁際のキューラックからキューを選び取り、先端のティップにチョークを擦りつけた。

蓮もキューラックからキューを選ぶ。蓮の身長と体重に合わせてオーダーしたカスタムキューだ。ジンも何本かのキューの中からじっくりと厳選して一本を選ぶ。

「5番がコーナーポケットで一点、サイド二点。9番がコーナー二点、サイド四点でどうだ?」

ジンが提案したレートに、ガブリエルが「了解」とうなずく。二人は特殊なルールでプレイするのに慣れているらしい。

対して蓮はビリヤードで賭けるのは初めてだ。

「五セットマッチでいい?」

ジンの確認にガブリエルが「いいだろう」と応じている。

つまり、ナインボールで五セットを先取した者が勝ちということだ。その勝敗とは別に、特定の球を特定のポケットに落とした者に、賞金が発生する仕組みらしい。

「三人とも経験者ということでハンデはなしでいいね？　じゃあ、バンキングで順番を決めよう」

三人で同時に、手球をクッションに向けて打ち、跳ね返った球が、よりプレイヤーに近いポジションで止まった者から順に、順番を選ぶ権利を与えられる。

このバンキングの結果、ガブリエルが先攻、ジンが二番手、蓮が三番手となった。

ジンが九つの球を菱形《ひしがた》のラックに組み込む。

ナインボールは、1番から9番までのカラーボール九個と白い手球一個の計十個の球を使い、手球を番号順に的球に当ててポケットに落としていくゲームだ。最終的に9番のボールを落としたプレイヤーの勝利となる。狙いの的球をポケットインできれば連続してプレイでき、落とせなかったりファールがあった場合は、次のプレイヤーに交代となる。

「よし、始めよう」

先攻のガブリエルがブレイクショットのためにブレイクキューを構えた。すーっと右肘を後ろに引き、次の瞬間、手球を撞《つ》く。カン、コンッと小気味よい音を立てて手球が1番に当たり、固まっていた九つの球がバラバラに弾けた。

弾けたカラーボールが、回転しながらグリーンの羅紗《らしゃ》の上を滑り、1番がポケットに落ちる。

「ナイスショット！」

ジンが声をかけ、ガブリエルが「ありがとう」と答えた。見事に1番が落ちたので、ガブリエルのプレイ続行となる。ガブリエルがブレイクキューからプレイキューに持ち替えた。

蓮はジンと並んで立ち、ガブリエルのプレイを見守った。美しいフォームで、狙いを定めた的球を番号順に落としていく。どうやら相当な腕前のようだ。

「おいおい、このままブレイク・ラン・アウトするんじゃねーだろーな」

ジンがヤジる。ブレイク・ラン・アウトとは、一度のミスもなく的球のすべてをポケットに落とすことだ。いま狙っている的球を落とすだけでなく、次の的球をどう落とすかまで先回りして考えたうえで、手球をコントロールするテクニックが必要となる。

蓮はいままで一度も成功させたことがない。

蓮にビリヤードを教えてくれたのは鏑木で、凄腕の彼は、何度も蓮の前でブレイク・ラン・アウトを達成していた。

背格好が似ているせいか、ついガブリエルの姿に鏑木を重ねてしまう。

と同時に、いまこの場に鏑木がいないことに違和感を覚えた。

少し前まで、ガブリエルのポジションには鏑木がいた……。

(って……まただ)

また鏑木のことを考えてしまった。考えたって仕方がないのに。

今頃、鏑木はナオミとデートの真っ最中かもしれないのだ。

学習しない自分に苛立ち、蓮はこっそり唇を噛む。

「頼むからこっちにも回してよ、王子様！」

ジンのヤジなどまるで気にしない様子で、ガブリエルはポケットテーブルのエプロンに腰掛けて上体を捻《ひね》った。ジャンプキューで上から手球を撞き、ジャンプ・ショットを成功させる。

「すごい！」

蓮は思わず声をあげ、パチパチと拍手をした。ガブリエルがにっこりと微笑む。

「なんだよ、プロじゃねーか……」

チッと舌打ちをしたジンが、直後にぼそっとつぶやいた。

「なーんか、どっかで見たことある気がすんだよな……」

含みのある声音に気を引かれ、蓮は傍《かたわ》らのジンを見る。

「誰を？」

ジンがガブリエルを顎《あご》でしゃくった。

「ガブリエル？」

ジンがガブリエルに会ったのは、アナの救出の日が初めてのはずだ。

「初対面の前にか？」

「そ。……すぐに出てこないってことは、たぶんかなり前……」

しかし蓮には、スラム育ちのジンと、上流階級出身で実業家のガブリエルに接点があるとは思えなかった。

眉根を寄せて考える素振りをしていたジンが、やがて首を振る。

「駄目だ。思い出せねー」

「思い違いじゃないのか。一度見たら忘れられないルックスだし」

蓮自身、ソフィアに紹介された際、ガブリエルとの初対面を克明に思い出したくらいだ。

蓮の十六歳の誕生日パーティの夜、場所はパーム・ガーデンの噴水だった。

——私を忘れないで、蓮。私たちは必ずまた会うことになる。

謎めいた予言どおりに、その二年後、ガブリエルは蓮の前に現れた。

ソフィアの恋人として。

「……かもな」

まだどこかすっきりしない顔つきでジンがつぶやいた時。

「ジン、きみの番だよ」

スクラッチしたガブリエルが、ポケットの網の中から手球を取り出し、羅紗に置いた。

「よっしゃ」

ジンが気合いを入れてテーブルに近づく。キューを手にテーブルの周りを回りながら、まずは手球をどこに置くかを入念に検討し始めた。

ジンと入れ違いに蓮の横に立ったガブリエルに、「レン」と呼ばれる。顔を向けると、青い瞳と目が合った。

「次の日曜だけど、なにか予定はある？」

「予定？　……いや、特にはないけど。ジンはひさしぶりに昔馴染《むかしなじ》みと会うみたいだし、家でゆっくりしようかと思っていた」

「だったら一緒に出かけないか？」

「えっ……」

思いがけない誘いに、戸惑いの声が漏れる。

「ソフィアとアナは？」

ソフィアの実家に戻るそうだ。ご両親がアナの顔を見たがっていてね」

ソフィアの両親にとって、女の子の孫はアナ一人だということもあり、それこそ目に入れても痛くないほどかわいがっていると聞く。

「私は留守番になってしまったんだ。たまには一人で過ごすのも悪くないが、もしきみがその日フリーならと思って」

「………」

ガブリエルと二人でどこかに出かけるなんて考えてみたこともなかった。ガブリエルには、いつもアナかソフィアがぴったりくっついているから、二人きりになることもほとんどない。従って蓮とガブリエルの距離は、これまで一定のまま縮まることはなかった。

（どうする？）

思案する蓮の顔を、ガブリエルが宝石のような瞳でじっと見つめてくる。

不思議な男だ。……ただ顔がいいだけの優男かと思えば、案外と肝が据わっており、射撃の腕前も一流。

一時期は、ソフィアたちと一緒にいる時のガブリエルと、自分に見せる顔が異なる気がして、信用ならないと感じていた。鏑木のことを「軍用犬」などと失礼な物言いをしたりと、初対面の印象が悪かったせいもある。再会後も、得体の知れない男という第一印象は覆《くつがえ》らなかった。

でもアナの誘拐事件に際し、ガブリエルはみずからギャングのアジトへと赴いた。その体を張った行動によって、少なくともアナを大切に思う気持ちは本当だと証明してみせた。

しかも、ギャングのボスを撃って鏑木の危機を救ってくれた。

鏑木の命の恩人ということは、蓮にとっても恩人だ。

そういえばさっきも、さりげなく助け船を出してソフィアの追及を躱《かわ》してくれた。

ガブリエルに関するあれこれを思い起こしているうちに、脳裏にいつかのジンのアドバイスが浮かんでくる。

――もっと積極的に、いろんな人間と会って話をしてみろよ。仕事じゃなくてプライベートでさ。

ジンの言うとおりだ。人間関係を限定していては、いつまで経っても視野が広がらず、思考回路も偏ったまま凝《こ》り固《かた》まってしまう。

いろいろな人たちから様々なことを吸収することで、おのずと経験値が上がり、結果的にシウヴァのトップとしての判断力が研ぎ澄まされる可能性がある。交友関係が多彩で、趣味や娯楽の引き出しも多そうなガブリエルは、見聞を広めるための案内役としてはうってつけだ。

それに……このひと月はジンがいたからオフの日も気が紛れていたけれど、次の休日は彼に出かける予定が入っている。

そうなったらきっと、一日じゅう鏑木のことを考えてしまうに違いない。悶々《もんもん》と考えた挙げ句に、どうにもならない現状に塞ぎ込む自分が容易に想像できる。

(それは……いやだ)

焦燥に背中を押された蓮は「いいよ」と申し出を受けた。

ガブリエルがサファイアの目を輝かし、「本当かい？」と確認する。その顔が本気でうれしそうで、蓮はふっと口許で笑った。

「本当」

「よかった。……では来週までにデートプランを考えておくよ」

ガブリエルが茶目っ気たっぷりにそんな軽口を叩いたところで、ジンがキューを手に戻ってくる。

「レン、おまえの番だ」


黒塗りのリムジンが美しくライトアップされた『パラチオ　デ　シウヴァ』の前庭を進み、鋳鉄《ちゅうてつ》の巨大な噴水を回り込んで、石畳のエントランスに停《と》まった。一定の間隔を置いてぴったりと後ろをついてきた護衛車も停まる。

夜の十時過ぎ。

週明けの今日も、午後八時からレセプションパーティに顔を出す予定があったので帰館が遅くなった。

停車したリムジンの後部座席で、蓮は傍らの男をちらっと盗み見る。

窓から差し込むイルミネーションに照らされた横顔は、彫像のごとく立体的だ。もともと彫りが深い顔立ちだが、このところとみに陰影が増し、ふとした折に物憂げな表情を見せることが多くなった。

濃紺のスーツにシルバーのネクタイ。ジャケットの胸ポケットに挿されたコットンリネンのポケットチーフは、今夜最後のパーティのための装いだ。

画廊のオーナーが主催の、ギャラリー会場で催された略式のパーティだったので、蓮もタキシードには着替えず、スーツで参加した。

パーティ会場での鏑木は、たくさんの人々に囲まれていた。知人を見つければみずから挨拶のために近づき、楽しそうに談笑していた。

それなのに、蓮に対しては口が重くなる。とりたてて感じが悪いわけではないし、話しかければきちんと応《こた》えてくれる。ちゃんと目も合わせてくる。だけど、その顔に笑みはない。つきあいの長い蓮には、鏑木が隙を見せないように心のシャッターを下ろしているのがわかってしまう。

仕事ぶりは相変わらず完璧でミスもないから、第三者は、蓮と鏑木の間に流れる微妙な空気に気がつかないだろう。秘書もボディガードも気づいていない。

彼らを欺《あざむ》ける程度には、自分たちは表面上は上手くやっている。

違和感を覚えているのは、お互いだけだ。

鏑木は、自分を必要以上に近づけないように常に気を張っている。

蓮も蓮で、鏑木が引いた一線を踏み込まないよう、「例のこと」に触れないよう、神経を尖らせている。

そのせいか、ただでさえハードな業務を余計に大変に感じた。一日の終わりにはぐったりするほどに。

かつて、鏑木の存在は蓮の精神安定剤だった。それが、いまや逆だ。

鏑木といる時は、一瞬も気持ちが休まらない。

おそらく……それは鏑木も同じだろう。

自分が振った相手と一緒に行動しなければならない鏑木と、振られた相手と一緒に過ごさなければならない自分と、どちらがよりキツいのか。

疑問が頭をかすめ、次の瞬間、どちらも同じくらいキツいという不毛な結論に至った。

現在の状況は、どちらにとってもストレスフルであることは間違いない。

だからといって打開策は浮かばない。

自分に鏑木以上に好きな相手ができて、鏑木に対して吹っ切れ、なにも感じなくなる日を待つしかない。

でも、果たしてそんな日が本当にくるのか。

いまはとてもそうは思えない。そんな自分が想像もつかない。

「…………」

零れそうな嘆息を喉の奥に無理矢理押し戻していると、運転席から回り込んだ運転手がガチャッと後部座席のドアを開けた。

まず鏑木が降り、次に蓮、秘書、ボディガードが続く。

「蓮、お疲れ」

石畳に降り立った蓮に鏑木が声をかけてきた。

帰路の車中で明日の打ち合わせは済んでいるので、ここで解散となる。

「鏑木も……お疲れ」

そう返してから、蓮は秘書とボディガードを振り返り、「お疲れ様」と労《ねぎら》った。

「お疲れ様でした。では私はこちらで失礼させていただきます」

秘書の言葉に鏑木がうなずき、「明日はいつもどおりで頼む」と言い添える。

「かしこまりました。レン様、おやすみなさいませ」

「おやすみ」

「失礼いたします」

一礼した秘書が立ち去り、ボディガードは後続車から降りてきた別のボディガードと合流して、終業後のミーティングを始めた。

二人だけになり、目が合った瞬間、鏑木が双眸をじわりと細める。

「………」

灰褐色の瞳が、なにかを訴えているように見えるのは気のせいだろうか。

この一ヶ月、折に触れ、鏑木が物言いたげな目つきで自分を見つめることがあった。

でも結局、鏑木はなにも言わない……。だからやっぱり、気のせいなのかもしれない。

無言で自分を見つめる男を、蓮も黙って見つめ返した。瞳の中に答えを探ろうとするけれど、見つからない。もどかしさだけが募っていく。

本当は訊きたいことがたくさんある。

ナオミとはどうなっているのか。結婚話はどこまで進んでいるのか。

ものすごく気になっているし、知りたいけれど、同時に知りたくなかった。

相反する欲求を持て余しているうちに、二人の間に横たわる空気だけが、湿気を含んでどんどん重くなっていく。気まずい沈黙に耐えきれず、蓮は俯《うつむ》いた。

「……また明日」

石畳を見つめてつぶやく。

「おやすみ」

「……おやすみ」

鏑木の低音を耳に踵《きびす》を返した。後ろ髪を引かれるのを振り切り、大階段に向かって歩き出す。直後にエンジン音が鳴り響いた。振り返った蓮は、車のヘッドライトを認める。

前庭を突っ切ってきたフェラーリが、大噴水を鮮やかに回り込み、エントランスに停車した。真っ赤なスポーツカーから、銀髪の男が颯爽《さっそう》と降り立つ。

登場するだけで場が華やぐような美貌の持ち主が、車のキーをバレースタッフに渡してこちらに歩み寄ってきた。

「ガブリエル」

「レン、ちょうどよかった。いまきみの部屋に寄ろうと思っていたんだ」

「俺の部屋に？」

蓮は訝《いぶか》しげな声を出し、傍らの鏑木もぴくりと眉を動かす。

「そう、今週末の件でね」

その返答を聞き、週末にガブリエルと出かける約束をしたことを思い出した。

ガブリエルが鏑木のほうを向く。

「ヴィクトール、ひさしぶりだな。最近顔を見ないから体調が優れないのかと心配していた」

「見てのとおり元気だ」

ガブリエルの気遣いに、鏑木がやや硬い声で返した。

「そうか。ならばよかった」

愛想よく相槌《あいづち》を打ったガブリエルは、それ以上は深追いせず、「これから打ち合わせか？」と尋ねる。

「いや、もう解散するところだった。ところで今週末の件とは？」

鏑木が逆に問い返した。食いつくようにプライベートに踏み込んでくる鏑木に違和感を覚える。ガブリエルもそう感じたのだろう。軽く肩を竦《すく》めて、「この週末にレンと出かける約束をしたんだ」と答えた。

「出かける約束？」

鏑木の顔があからさまに険しさを増したかと思うと、蓮を振り返り、「本当なのか？」と確認してくる。

ひさしぶりに感情を露《あらわ》にした男に戸惑いつつも、蓮はうなずいた。

「今週末はソフィアとアナがソフィアの実家に帰って私はフリーになるので、レンを誘って食事でもと思ってね」

ガブリエルが蓮の代わりに事情を説明してくれる。

「そうだ、レン、ブラジル人の友人が主催しているダンスカンパニーのチケットが取れた」

「ダンスカンパニー？」

「コンテンポラリーダンスだ。とても人気があって、チケットはプラチナだよ。舞台がはねたあとで、演出家でもある友人を紹介するから一緒に食事をしよう」

ガブリエルは顔が広く、様々な業界にたくさんのパイプを持っている。シウヴァ財団も芸術方面を多数パトロネージュしているが、オペラやクラシック・オーケストラ、ファインアートなど、どちらかというとアカデミックな芸術寄りなので、コンテンポラリーダンスというのは新鮮だった。

「楽しみにしている」

心から言った。正直誘われた時はそんなに乗り気ではなかったが、いまは、自分には新しい人間関係が必要だと切実に感じている。身動きができないほどにガチガチに凝り固まってしまっている精神状態を解きほぐすためにも。

「私も楽しみだ」

にっこりと微笑んだガブリエルが、ふたたび鏑木に顔を向けた。

「ヴィクトール、きみとも一度じっくり話がしてみたい。時間ができたら食事でもしよう」

「…………」

けれど鏑木は厳しい表情を変えず、誘いかけにも返事をしない。蓮は内心で鏑木の態度に驚いていた。

鏑木にとって、ガブリエルは恩人であるはずだ。

（なのに、なんでこんな態度を？）

ガブリエルだって不審に思っただろうが、大人の対応というものなのか、あえてそこには触れずに「ではレン、週末に。二人ともおやすみ」とだけ言って、その場を立ち去った。

別館に向かっていく後ろ姿を見送り、視界から長身が消えたのを見計らって、蓮は鏑木に向き直る。

「いまの態度はないだろ。ガブリエルがせっかく……」

「あいつと出かけるなんて聞いていないぞ」

最後まで言い終わる前に低音を被せられ、蓮は声を呑み込んだ。目の前の鏑木は、明らかに気分を害している。そして、そんな自分を隠そうともしていない。ここしばらく、こんなふうに感情的な鏑木は見たことがなかった。

「聞いてないって……別に……鏑木に報告する義務はないだろ？」

喧嘩腰《けんかごし》につられ、蓮もつい反抗的な物言いになる。

「プライベートなことだし、俺がオフになにをしようが鏑木には関係ないじゃないか」

自分だってナオミとデートしているくせに……と続けて口から出そうになり、ぐっと堪《こら》えた。

さすがにそれを言ったらイヤミだ。ヤキモチを焼いていると思われるのも癪《しゃく》だった。

蓮の反撃に、鏑木がむっと眉根を寄せる。

「関係なくなどない。側近として、俺にはおまえの身の安全に留意する義務がある」

「身の安全？　一緒に出かける相手がガブリエルなのに？」

「だからこそだ」

切り返され、蓮は眉をひそめた。

「どういう意味だよ？　ガブリエルはソフィアの婚約者だぞ？」

「しかし、まだ結婚したわけじゃない。本当にシウヴァに相応《ふさわ》しい人間かどうか、見極めるために様子見をしている最中だ」

「ガブリエルを疑っているのか？」

蓮の質問に鏑木は黙って答えない。

否定こそしないけれど、肯定したも同然だ。

（……まさか）

「で……でも、鏑木だってガブリエルに命を救われて……」

びっくりして声が上擦る。

すると、憮然とした表情を変えずに、鏑木が口を開いた。

「確かに恩人ではあるが、だからといって彼を完全に信頼する理由にはならない。現時点でアナの誘拐事件の真相は解明できておらず、内通者がいた可能性も捨てきれない。そういった状況下で、部外者を信用するのは危険だ」

「……部外者」

いまの言葉をソフィアが聞いたらひどく傷つくだろう。愛する婚約者が内通者であるかのような発言をされたのだから。

蓮自身、鏑木の言い分も理解できなくはないが、そうやって誰彼無しに疑ってかかるのは、聞いていて気分がいいものではなかった。

「ジンはいいのかよ？」

ガブリエルを疑うなら、ジンだって立場は同じだ。

「ジンに関しては調査の結果、問題がないとわかっている。スラムの住人だった以上、品行方正とは言えないが、少なくとも悪人ではない。俺自身二年のつきあいで、その人となりを把握している」

その見解については蓮も同意見だ。口は悪いし、年齢よりスレているが、根は悪いやつじゃない。

ジンは、蓮がシウヴァの当主と知ってからも態度を変えなかった。常に対等な立場で、蓮が間違っていると思えば、はっきりと意見もする。そこは鏑木と似ている。

これは推測に過ぎないが、ジンの存在は鏑木の手に負える範疇《はんちゅう》なのだろう。多少素行に難があっても、鏑木自身がフォローできるレベルならば問題ない。

反してガブリエルは財力に秀で、いろいろな世界に人脈もある実力者だ。

婚約に際しての身上調査ではなにも出てこなかった。ソフィアの手前、それ以上の物言いはつけられず、様子見をしている最中で……鏑木としてはその点が引っかかっているのかもしれない。

「蓮、おまえは野生の動物のごとく用心深く、なかなか他人に心を許さない。しかし、いったん仲間意識を持つと、相手をとことん信頼するきらいがある」

それはそうかもしれないと思った。

うまく説明できないが、自分には生まれつき、人間の資質を見極める動物的な直感のようなものが備わっている気がする。その勘で、味方か、そうじゃないかをジャッジしているのだ。

鏑木と初めて会った時も、直感で、この男は信用してもいいと判断した。ジンもそうだ。

いまのところ、ほとんど外れはない。

だが鏑木は厳しい表情で低音を落とした。

「そこが俺は心配なんだ」

（……心配）

鏑木が口にした単語が引っかかって、蓮はぴくりとこめかみを震わせる。

鏑木が自分に向ける感情は、いつだって「心配」や「配慮」や「保護欲」などで、自分が欲しいものとは違う。

（俺が欲しいのはもっと……）

「とにかくガブリエルには気を許すな」

「…………っ」

有無を言わせぬ命令口調に、蓮はカッと頭に血が上るのを意識した。

「週末の予定もキャンセルしろ」

「なんだよ、それ!?」

立て続けに上からねじ伏せるように厳命され、思わず大きな声が出る。

「なんでそんなふうに命令されなきゃならないんだよ!?」

「命令じゃない。側近としての忠告だ」

鏑木が蓮の言葉を訂正した。熱くなる蓮とは対照的に、その声音はあくまで冷ややかだった。

「同じことだろ？」

「同じじゃない」

噛み合わない会話に苛立ちが増す。

蓮からしてみれば、自分を突き放しておいて、他の人間と親しくするのを禁じる鏑木が勝手としか思えなかった。自分を思っての発言だとしても、素直に言うことを聞く気持ちになれない。

（誰のせいで、一人で過ごす時間が辛くなっていると思ってるんだよ？）

やるせなさと憤《いきどお》りが入り交じった複雑な感情を抱え、身勝手で過干渉な男を睨みつける。対する鏑木も、一歩も譲らないという目で見下ろしてきた。

「言っておくけど、鏑木に俺のプライベートにまで口を出す権利はない！」

無言の圧力をびしっと撥《は》ね除《の》けると、鏑木が眉尻をぴくっと動かす。微かに動揺を垣間見《かいまみ》せた男を、蓮は強い眼差しで射貫《いぬ》いた。

「オフィシャルに関しては鏑木の言うことを聞く。いままでだってそうしてきたし、これからだってそうする。でもオフの使い方は俺の自由だ」

「蓮――」

「おやすみ」

なにかを言いかける鏑木を遮り、くるりと踵を返す。

これ以上言い合いを続けていたら、溢れるのをギリギリで堪えている感情の表面張力が破れ、決定的な言葉を口にしてしまいそうだった。

背中に鏑木の視線を感じたが振り返らず、蓮は一人足早に歩き去った。

鏑木と言い争いをした翌日、蓮は朝から憂鬱《ゆううつ》だった。正確には前夜からずっとだ。

喧嘩をしても、翌朝には顔を合わさなければならない。

当然、気が重いのは自分だけじゃないはずだ。鏑木だって本音では、昨日の今日で自分の顔を見たくないだろう。

(寝不足のせいで目が赤い……肌もパサパサ)

姿見に映った冴えない自分にうんざりしながら、身支度を整える。

昨夜は寝台に入っても腹立ちが収まらず、悶々と寝返りを打ちながら、鏑木とのやりとりを何度も反芻《はんすう》した。そしてそのたびに、鏑木が悪いという結論に到達した。

どう考えても、ガブリエルに対してあの態度はない。

同じ敷地内に暮らす彼はおそらく、このところの蓮に覇気がないことに気がついていて、元気づけるために誘ってくれたのだ。蓮が気分転換できるように、プレミアチケットまで手配してくれた。

それなのに……。

――とにかくガブリエルには気を許すな。

――週末の予定もキャンセルしろ。

(なんなんだよ？　あの命令口調！)

思い返すだけでイラッとくる。

鏑木の言うことを聞いていたら、自分は一生、彼(およびシウヴァ幹部会)のお眼鏡にかなった相手としかつきあえなくなってしまう。

交友関係を築くのもシウヴァのジャッジ次第。

なにをするにも、いちいち伺いを立てて？

自分で決断することなく、言われるがままに生きろと？

だとしたら自我はどこにあるのだ。

（俺はシウヴァの操り人形じゃないっ）

自分のテリトリーには立ち入らせないくせに、こっちには保護者意識を発動して口出ししてくる鏑木に腹が立ち、胃のあたりがムカムカする。朝食も受けつけず、ミルクティとフルーツに少し手をつけただけで下げてもらった。

蓮の精神状態に同調してか、エルバもどことなく落ち着かない様子で室内をうろうろしている。

俺には気晴らしも許されないのか？

失恋の痛手を癒やすことも？

（そもそも誰のせいだと……！）

「……くそっ」

舌打ちをして、蓮は首からネクタイを引き抜いた。苛立っているせいか手許が定まらず、ノットが歪《いびっ》になってしまった。やり直しだ。

鏡の前で、もう一度ネクタイを結び始める。

結局のところ、ストレスの元凶はそこだ。

ラインを引いてそこから締め出すのなら、そっちも一線を越えて干渉してこないで欲しい。

仕事上のつきあいのみに徹して、兄貴ヅラはよしてくれ。

(どうせもう……結婚してしまうんだから)

自分で自分のつぶやきに、ずんっと落ち込む。サンドペーパーで擦られたみたいに心臓がヒリヒリ痛んだ。

結婚宣言から一ヶ月以上経つのに、いまだに傷口が癒えることはない。ジクジクと膿んで、ちょっとしたきっかけで新しい血が滲み出す……。

なんとか見られる形にネクタイを結び終え、腕時計で時間を確認した蓮は、喉許のため息を押し殺した。

あと十分で鏑木が来る。

こんな精神状態で、今日も一日行動を共にしなければならないのかと思うと気が滅入った。

失恋が決定的になったのちも、鏑木との時間は蓮にとって大切なものだった。

苦しいし、辛いけれど、それでも一緒にいたい気持ちはなくならなかった。

だけど今日ばかりは、顔を合わせたくない。

こういう時は本当に、鏑木が側近であることが疎《うと》ましい……。

蓮の鬱々とした気分をよそに、時間は無情に過ぎる。定時ぴったりにコンコンコンというノックが響いた。

「ヴィクトール様、おはようございます」

ドアを開けたロペスの挨拶の声が聞こえる。

「おはよう、ロペス。おはよう、蓮」

「……おはよう」

挨拶を返しはしたものの、蓮はまっすぐ鏑木の顔を見ることができなかった。一方、目の端で捉えた鏑木はいつもどおりだ。隙のないスーツ姿に、彫りの深い精悍《せいかん》な顔立ち。

――言っておくけど、鏑木に俺のプライベートにまで口を出す権利はない！

――オフィシャルに関しては鏑木の言うことを聞く。いままでだってそうしてきたし、これからだってそうする。でもオフの使い方は俺の自由だ。

あんなふうに宣言されて一方的に会話を打ち切られ、鏑木だっていい気分ではなかったはずだ。しかし、そのあたりの感情は微塵《みじん》も顔に出さない。

昨日は昨日、今日は今日としっかり切り替えて、ビジネスライクに徹している。

そのドライな態度がまた、蓮としては苛立ちの要因となった。

鏑木の割り切りを見るにつけ、昨夜からわだかまりを引き摺っている自分との差を感じてしまう。

(落ち着け。切り替えろ。平常心)

自分に言い聞かせてこっそり深呼吸した。朝から苛立っていては一日保たない。

「お気をつけていってらっしゃいませ」

ロペスに見送られ、蓮と鏑木は部屋を出た。肩を並べて廊下を歩き出す。ほどなく鏑木が「蓮」と話しかけてきた。

「……なに？」

わざと足を止めずに、蓮は平坦な声で問い返す。

「ガブリエルと週末を過ごす件だが」

決着がついたはずの話題を蒸し返されて、頬がぴくっと引き攣《ひ》った。

「昨夜は中断してしまったが、もう一度きちんと話し合いたいんだ」

話し合いたい――ということは、こちらの主張を受け入れるつもりはないということだろう。蓮の言い分に納得がいかないから、改めて話し合いたい、と。

一晩考えて、どうしてもガブリエルとの外出は認められないという結論に至ったということか？

鏑木の話に予測がつくのと同時に、かろうじて封じ込めていた黒いもやもやとした感情が亀裂から噴き出し、たちまち胸全体を覆う。

「俺は話すことなんかない」

蓮はつっけんどんに言い放った。

「蓮、頼むから冷静になってくれ」

懇願の声にぴたりと足を止め、鏑木を振り返って睨みつける。

「俺は冷静だし、自分の行動にはちゃんと責任を持てる。どんなに話し合っても昨夜の発言を撤回するつもりはない。時間の無駄だ」

言い切るなり、ふたたび板張りの内廊下を歩き出した。無意識に普段より足が速くなる。だがもちろん、歩幅で大きく勝る鏑木を引き離すことはできず、すぐに追いつかれた。横に並んだ鏑木が話しかけてくる。

「わかった。ではこうしよう。今週末、俺も同行する」

「……っ」

予想外の提案に足が止まる。ちょうど一階に下りる階段の手前だった。赤い絨毯《じゅうたん》が敷かれた大階段からは、吹き抜けのエントランスホールが一望できる。ユニフォームを着たスタッフが、忙しそうに往き来しているのが小さく見えた。

絨毯の上で振り返り、蓮は背後の男と向き合う。

なにかの冗談かと思ってまじまじと目の前の顔を見たが、鏑木の表情は真剣そのものだった。

「本気で言ってるのか？」

「本気だ」

念のために確認し、即答される。蓮は眉をひそめた。

「……意味がわからない。なんでそこまで……」

いくらなんでも過保護にもほどがあるだろう。

「俺はもう十八だ。成人している。休日の外出に付き添いは必要ない。第一、ガブリエルに失礼だろ!?」

声を荒らげて嚙みつく蓮に、鏑木はまるで動じず、無表情に告げた。

「ガブリエルには俺から話す」

「やめてくれ！」

怒りで全身がカーッと熱くなるのを意識した蓮は、作ったようなポーカーフェイスをきつく睨《ね》めつける。

(どうかしている。なんの権利があってそんなことをするんだ！)

もはや限界だった。

　昨夜から――いや、一ヶ月前から、体内に溜まっていたフラストレーションが許容量を超え、ついに爆発する。

「いきなりなんなんだよっ？」

　いまにも摑みかからんばかりの勢いで、蓮は鏑木に詰め寄った。

「昨日の夜まで俺に対して一線を引いてたくせに！」

　糾弾の声に鏑木が肩を揺らし、ポーカーフェイスが崩れる。虚を衝《つ》かれたように目を瞠《みは》る男を、蓮はさらに強く睨みつけた。

「気がついてないとでも思っていたのかよ？　鏑木はこの一ヶ月の間、俺を避けて、必要以上に近づけないようにしてきた。遠ざければ俺が諦めるって、そう思ったんだろ？」

「…………」

　図星を指されたせいか、鏑木がくっと眉間《みけん》に縦皺《たてじわ》を寄せる。

（やっぱりそうだったんだ）

　自分の予測が当たっていたからといって、少しも気分は晴れなかった。

　すっとするどころか、胸がズキズキと脈打ち、鼻腔《びくう》の奥がツーンと痛む。

「すごく……悲しくて辛かったけど……鏑木にはナオミがいるし……受け入れてもらえないのは仕方ないって……。鏑木のためにも……なんとか吹っ切らなきゃって思ってた……」

　声が震えそうになるのを、蓮は必死に堪えた。

「それなのに……っ」

拳《こぶし》をぎゅうっと握り締める。

「突然手のひら返してこんなふうに干渉してきて！　なんなんだよ！」

「……蓮」

鏑木が苦しそうに名前を呼んだ。その顔にも苦悩が浮かんでいる。苦しそうな鏑木を見たら、なんだか無性に泣きたくなった。

本当は、こんなふうに責めたいんじゃない。苦しませたくなんかない。だけどもう、胸の中に押しとどめておくこともできない。

いますぐ吐き出さなければ、自分がどうにかなってしまう。

「俺のことを受け入れるつもりがないなら、仕事以外で俺に近づくな！」

叩きつけるように叫んで踵を返す。

側近を置き去りにして、蓮は真紅の階段を一気に駆け下りた。

III

それからの半日、ガブリエルの件について、鏑木《かぶらぎ》が触れてくることはなかった。

蓮《れん》と数分差でリムジンに乗り込んで来て以降は、あんな言い争いなどなかったかのように、淡々と業務をこなしていた。

ニュートラルな鏑木とは対照的に、蓮は一日じゅうピリピリと神経を逆立てて過ごした。

爆発してもなお解消しない鏑木に対しての苛立ちと、隠していた本音を吐露してしまった自分への後悔とで、精神的に最悪のコンディションだったのだ。気持ちは千々に乱れ、頭の中もぐちゃぐちゃで、仕事どころではなかった。

どうにかミスを犯さずに済んだのは、ひとえに鏑木のフォローがあったからだ。

あんなふうに大見得を切っておいて結局、鏑木がいなければなにもできない。

情けない現実も苛立ちに拍車を掛けて……まさに負の連鎖だった。

自分を立て直すことができないままに一日を終え、『パラチオ　デ　シウヴァ』に戻る頃には、心身共に疲れ切っていた。

一刻も早く一人になりたい。エルバのあたたかい体を抱き締めて癒やされたい。

その一心で、先にリムジンから降りていた鏑木の傍《かたわ》らを労《ねぎら》いの言葉もかけずに素通りし、蓮は玄関前の大階段へと向かった。

「蓮」

後ろから鏑木が声をかけてくる。つい舌打ちが漏れた。

立ち止まらずにいると、ほどなく横に並ばれ、不承不承足を止める。それでも頑《かたく》なに顔は前方に向け続けた。

「今朝のことだが……」

「………」

「おまえがもう立派な成人なのはわかっている」

神妙な声が告げる。

「おまえの行動を制約する権利が俺にないこともわかっている」

蓮はちらっと横目で鏑木を見た。

「おまえの気持ちを考えず、一方的に俺の意見を押しつけたのは悪かった。それについては謝る」

(謝った?)

謝罪を口にされて、荒れていた心中がわずかに凪《な》ぐのを感じる。

ふっと息を吐き、強ばっていた表情筋を緩めようとした時だった。

「だからこれはあくまでも『命令』ではなく、側近としての『要請』だ。蓮、頼む。週末に同行させてもらえないか」

「……っ」

下手に出てはいるが、言っていることは朝と変わりがない。同じだ。

一気に心の海にさざ波が立つ。

「……しつこいよ」

気がつくと、刺々《とげとげ》しい低音が零れ落ちていた。鏑木に向き直った蓮は、目の前の男を険しく見据える。

「要するに鏑木は、俺のこともガブリエルのことも信用してないんだろ？　二人で出かけたら、なにか悪い遊びでもして、シウヴァの名前に傷がつくとでも思ってるんだろ？」

「そんなふうには思っていない」

否定する鏑木に、「じゃあ、なんなんだよ!?」と聞き返した。

「そんな見張るような真似……！」

「俺はおまえを護りたいんだ」

鏑木が真剣な顔つきで訴えてくる。だが、その言葉は蓮の胸に響かなかった。昏《くら》い声音で言い直す。

「鏑木が護りたいのは俺じゃない。シウヴァの家名だろ」

「蓮、違う」

「違わない！」

荒れ狂う心情のままに蓮は叫んだ。

「鏑木は結局、シウヴァのことしか考えてないんだ」

そうだ。鏑木の中で、自分はいつもシウヴァに負けてしまう。

一度だって勝てた例《ためし》がない……。

惨《みじ》めでやりきれない気持ちが胸に迫ってきて、蓮は奥歯を噛み締めた。泣き出しそうな顔を見られまいと、くるりと身を翻《ひるがえ》す。

「蓮！」

歩き出そうとした蓮の腕を鏑木が摑んできた。その手を手荒く振り払う。

「もうたくさんだ！」

吐き捨てると、一度も背後を顧みることなく、蓮は館の中へ駆け込んだ。

何度目だろう。後味の悪い別れ方をするのは。

このところ鏑木と顔を合わせるたびに言い争ってばかりだ。

ずっと気持ちがすれ違っている。

波長が噛み合わなくて会話がギスギスして……最後は自分がキレて、怒鳴ったり叫んだりして一方的に終わらせる。

こんな自分は最低で、本当にいやなのに……。

でも鏑木も鏑木だ。どうして神経を逆撫でするようなことばかり言うんだろう。しかも、あり得ないくらいに頑固で、絶対に引かない。

（なんであんなにしつこいんだよ。くそっ）

悪態をつきながら自分の部屋へと駆け込み、後ろ手にドアを閉めた蓮は、エルバの出迎えを受けた。

「グルゥウウ……」

「エルバ」

帰宅を歓迎して喉を鳴らすエルバをぎゅっと抱き締め、首筋に顔を埋《うず》める。エルバが「おかえり」と言うように、長い尻尾《しっぽ》でパタン、パタンと床を打った。

「………」

いつもなら、こうしていれば徐々に気持ちが落ち着くのだが、今夜はいっこうにそうならない。鼓動が不穏に乱れ、胸がざわざわして、泣きたい気分が収まらない。

「グルゥ……」

蓮の悲しみの波動を感じ取ったエルバが、慰めるように鼻先を擦りつけてきた。ピンと張った髭《ひげ》が首筋をくすぐり、湿った舌がザリザリと頬を舐め上げる。

「……ありがとう」

黒い艶《つや》やかな毛並みを撫でて、弟に感謝の言葉を告げた直後だった。

コンコンコン！

誰かがドアを叩く音に、びくっと全身が震える。

（鏑木!?）

鏑木が追いかけてきたのか？

身構えつつ、「誰？」と誰何《すいか》した。

「俺」

ドアの向こうから届いた声に、ほっと緊張を緩める。

「どうぞ。鍵は開いてるよ」

いらえを待ってガチャリとドアが開き、ジンが顔を覗かせた。

「おかえり。窓からリムジンが見えたからさ」

部屋の中に入って来たジンが、エルバに「よう」と挨拶をし、「お疲れ」と蓮の二の腕を叩く。そうしてから、ん？　と片眉を持ち上げた。

「なんかあったのか？　めっちゃ冴えねーツラしてっけど」

まじまじと顔を観察され、蓮は気まずそうに目を伏せる。ジンが「……はは一ん」と事情を察した声音を出した。

「カブラギサンと喧嘩《けんか》したのか？」

「喧嘩……じゃない」

喧嘩ですらない。自分がキレただけだ。

「でも落ち込むようなことがあったんだろ？」

「………」

「ま、自分を振った相手と四六時中一緒にいなくちゃなんないのは、それが仕事とはいえ、正直しんどいよな」

同情するように肩を竦《すく》めたジンが、

「そんな時はコレでしょ、コレ！」

突如テンションの高い声を発して、左手を蓮の前に突き出した。その手には、体の後ろに隠していたらしいワインボトルが握られている。

「ブラジルワインの赤。ガブリエルの知り合いのワイナリーで造ったやつなんだってさ。あいつ、ほんと顔広いよな。一人で呑むのも味気ねーなって思ってたからちょうどよかった」

「ちょうどよかったって？」

「やけ酒つきあうっつってんだよ。いいからグラス持ってこいって」

催促された蓮は、キャビネットからワイングラスを二脚取り出し、ソファに陣取るジンのもとへ運んだ。ローテーブルにグラスを置くと、胸のポケットからソムリエナイフを取り出したジンが、慣れた手つきでキャップシールを切り取る。次にスクリューをコルクにねじ込んだ。さほど苦労する様子もなく、ポンッと小気味いい音を立ててコルクを抜く。

抜栓したワインを、ジンがまずは手許のグラスに注いだ。ルビー色の液体をワイングラスの中でくるくると回し、空気に触れさせてから口に含む。

「……悪くない。ブラジルワインは近年クオリティが上がってるよな」

テイスティングののち、玄人《くろうと》めいた感想をひとりごちたジンが、蓮のグラスにもワインを注いだ。

「ほら」

「ありがとう」

ジンの隣に腰を下ろし、蓮は目の前のグラスを手に取る。

「おまえが成人して、一緒に酒が呑めるようになってうれしいよ」

自分は成人する遥か以前から呑んでいたジンが、感慨深げに言った。

「んじゃ、お疲れ」

「……お疲れ」

ジンが掲げたグラスと、縁を軽く触れ合わせる。

ワイングラスを顔の近くに寄せて、蓮はルビー色の液体をじっと見つめた。

十八になって成人と同時にアルコールが解禁となり、パーティなどでシャンパンを呑む機会が増えた。けれど蓮は、ジンみたいに酒を美味しいと感じたことはない。味覚がまだそこまで成熟していないのかもしれない。

いつも形ばかり口をつけて、ボーイのトレイに戻してしまうことが多いせいか、いまだに酔うという体験も知らなかった。

発泡性の口当たりのいいシャンパンよりも、ワインはさらにハードルが高い。料理に供されることの多い赤ワインは、どんなに高価なものでも渋いと思った記憶しかなかった。

でももしこの赤い液体が、胸に燻《くすぶ》るもやもやとした感情を洗い流してくれるのなら……。

期待を込めて、口許まで持ってきたグラスを一気にぐいっと呷《あお》った。それに気がついたジンが、ぎょっと目を剝く。

「ちょっ、おまえ……！」

喉に溜まった渋みのある液体を、蓮は思い切ってごくんと呑み込んだ。食道がカッと灼《や》けつくように熱を孕《はら》む。やがてその熱が胃のあたりまでじわーっと広がった。ワンテンポ置いて心臓がドクンッと脈打ち、顔がボッと火を噴く。

「……まじか？」

ジンが低くつぶやいた。

「なに？　実はそんなにイケる口だったのかよ？」

その問いには答えず、蓮は空になったグラスにワインをなみなみと注ぎ足す。

「おいおいおい」

驚くジンを尻目に、それも一気に呑み干した。空のグラスをテーブルに置いた刹那《せつな》、頭がクラッと眩《くら》む。酔いが回ったせいだろうか。鬱々《うつうつ》としていた気分がすーっと消えてなくなり、急に楽になった。体もなんだかふわふわしてくる。

（そっか……こういうことか）

大人が酒を呑む理由が、蓮にも初めてわかった。

人間には、自分の努力ではどうしようもないことがある。そんなのっぴきならない事態に遭遇した時は、アルコールの力を借りて、この世の憂さからひととき解放されるしかないのだ。

「おい、レン、いい加減にやめとけよ」

警告には耳を貸さずにワインボトルを摑み、またグラスを満たす。

「いくらやけ酒っつったって、そんな呑み方したら悪酔いするぞ」

止めようとするジンを、蓮は据わった目で睨《にら》んだ。

「ほっといてくれ。今日は酔いたいんだ」

蓮の赤い顔を、呆れた目つきで見返していたジンが、やがて、ふーっとため息をつく。

「まー、おまえだって酔いたい日があるよな。気楽な俺と違って、ストレス溜まるだろうしな」

納得したような声を出し、ぽんと蓮の背中を叩いた。

「わかった。今夜はとことんつきあってやるよ」


翌朝は、目が覚めた瞬間から頭が割れそうに痛かった。ハンマーで後頭部を殴られ続けているみたいに、ガンガン響く。

目を開けたものの、生まれて初めて経験する痛みにどう対処していいかわからず、しばらく仰向けでフリーズしていたくらいだ。

七時になって寝室に入ってきたロペスが、部屋に充満したアルコール臭に顔をしかめ、あわてて窓を開けた。空気を入れ換えてから、心配そうに蓮の顔を覗き込む。

「主室に空のワインボトルが複数ございましたが……」

「……うん……ジンと」

「さようでございますか。だいぶお呑みになられたのですか？」

「……わからない……覚えてない」

正確な本数は本当に覚えていなかった。

最初のフルボトルを二人で十分もかからずに空けたあと、ジンが「これじゃ全然足りねー」と言うので、地下のワインセラーへ行き、二人で両手で抱えきれないほどのワインを取ってきた。ついでに貯蔵庫に立ち寄り、オリーブや生ハム、チーズなどのつまみもピックアップした。

その後はつまみと交互に、水でも流し込むがごとく呑んで呑んで呑んで……。

体内のアルコール量が増えるにつれてハイテンションになり、ずっと思い悩んでいたあれこれがたいしたことじゃないように思えてきた。

「鏑木の馬鹿野郎！」

叫んだら気分がぐっと楽になった。

「そうだ、もっと言え！　全部吐き出しちまえ！」

「とっとと結婚でもなんでもしてしまえ！　ナオミの尻に敷かれろ！」

「おー、ナオミの尻にならなら敷かれたいけどなー」

「……くそぉ……人の気も知らないで……ばか……ばかぁっ」

呂律の回らない舌でくだを巻いて……ジンと一緒に喚いて、くだらないことで大笑し、かと思うと突然涙ぐんで……情緒不安定なままいつしか意識を失った。

いつジンが自室に戻ったのか、自分がどうやってベッドに入ったのか、まったく記憶がない。どうやらスーツは呑んでいる間に脱いだらしく、シャツと下着という格好でベッドに潜り込んだようだ。

「頭が……痛い」

顔をしかめて呻《うめ》く。

「二日酔いでございますね」

ロペスが蓮の症状に診断を下した。

（これが……二日酔い）

噂には聞いていたが、身を以《もっ》て体験するのは生まれて初めてだ。

頭痛だけじゃなく、胃もムカムカするし、体の震えも止まらない。頭が痛すぎて脂汗まで出てきた。

二日酔いがこんなに苦しいものだとは……。

「二日酔いの頭痛は体内に残っているアルコールや脱水症状によるものなので、鎮痛剤は効果がないようです。却《かえ》って胃を痛めてしまいますので、ぬるめのバスに入られて、お酒を抜かれたほうがよろしいかと」

ロペスに支えられ、蓮はふらつく足でバスルームに向かった。シャツと下着を脱ぎ、いつもよりぬるめのお湯に浸かる。

「脱水症にならないよう、お水をたくさんお飲みください」

ロペスがミネラルウォーターのペットボトルを手渡してくれた。

「本当は半日ほど安静にしてアルコールの分解を待つのが一番ですが、残念ながら、本日もお仕事がございますので」

「……わかってる。……仕事に穴は空けないよ」

ぐったりとバスタブの縁に後頭部を乗せ、掠《かす》れ声《ごえ》でつぶやく。

キャパシティを超える量を呑んだ自分が悪いのだ。

(でも昨夜は、どうしても呑まずにはいられなかった……)

ぬるま湯に三十分ほど浸かり、喉の渇きに任せてたくさん水を飲み、汗をいっぱい出した。

果物の果糖が肝機能を促進するというロペスの助言に従い、バスから出たあとでグレープフルーツを食べ、アサイーのフレッシュジュースを飲んだ。そのうちのどれかが効いたのか、それとも相乗効果なのかはわからないが、おかげでだいぶ楽になった。

着替えの時間までのつもりで、バスローブ姿でソファに横たわった蓮は、ロペスに尋ねた。

「ジンはどうしてる?」

「先程お部屋にご様子伺いに参りましたところ、やはり二日酔いでいらっしゃるようでした」

蓮からしたら、自分の何倍も強いと思われるジンですら二日酔いになる量を呑んだのだと、改めて思い知る。

「……鏑木には内緒にしておいて」

翌日の仕事を顧みずに呑み過ぎたことを、鏑木に知られたくなかった。

ばれたら、当主の自覚が足りないと叱られる。

説教されても仕方がないことをしたのは事実だけれど、深酒の元凶には言われたくなかった。

「かしこまりました」

ロペス自身は、蓮の飲酒の理由を探ろうとはしない。主人の二日酔いを現状として粛々と受けとめ、最善の対処に務める。使用人としての領分を弁《わきま》えているのだ。決して一線を越えてまでプライベートに立ち入ってこない。

そこは鏑木と違う。

同じ主従関係でも、鏑木と、ロペスや他の使用人は違う。

鏑木は、蓮に対しても臆せずに意見を言うし、時には諭し、叱りさえする。

表向きは主従関係で、身内以外の第三者の前では「蓮様」と呼んで立ててくれるけれど、鏑木と自分は対等なのだ。少なくとも連はそう思っている。

昔は鏑木も、蓮を対等に扱っていた。

なのにある時から「従」の鎧《よろい》を身につけ、主従の一線を越えるのを拒むようになった。

蓮の苛立ちの根っこは、そこにある。

(触れられそうで、触れられない……鏑木の本心)

抱き合ったあの時、一瞬捕まえたような気がしたのに、次の瞬間にはするっと手のひらから逃げていってしまった……。

ふと、視線を感じて顔を上げる。ロペスの気遣わしげな眼差しと目が合った。

老執事の皺《しわ》深《ぶか》い貌《かお》を見つめているうちに、脳裏に浮かんだ問いを口にする。

「ロペスも……二日酔いの経験ある？」

「はい、若かりし頃には幾度か」

控えめに肯定されてびっくりした。自分で尋ねておきながらおかしな話だが、それほどロペスと二日酔いが結びつかなかったのだ。そもそもロペスが飲酒しているところを見たことがないし、いわんや羽目を外して深酒なんて想像もつかない。

（でも……ロペスだって人間なんだから、呑みたい時だってあるよな）

「そっか……みんな一度は通る道なのかな」

「さようでございますね。グスタヴォ様もお酒をたくさん召し上がられることがございました」

「お祖父《じい》さんが？」

「私が特に記憶しておりますのは、奥様が亡くなられた時と、イネス様がおうちを出られた時、ニコラス様がお亡くなりになった時でございます」

祖母の死、母の駆け落ち、叔父の事故死。

考えてみれば、祖父はたくさんの辛い出来事を乗り越えたのだ。

それに比べれば、自分の失恋なんて、まだ傷が浅いほうだ。

自分を慰めて奮い立たせる。蓮はえいっと気合いを入れてソファから起き上がった。

「着替える」


「蓮、大丈夫か？」

傍らを歩く鏑木に声をかけられた蓮は、「なにが？」としらばっくれた。

本当は胃がずっとムカムカしていて、いまにも吐きそうだったけれど、なんでもないふうを装う。

午後になって頭が割れそうな痛みは徐々に治まりつつあったが、今度は、胃腸の違和感がひどくなっていた。具合が悪いのがばれるのがいやで、無理に昼食のサンドウイッチを胃に押し込んだせいかもしれない。

「顔色が悪いぞ？」

顔を覗き込まれそうになり、「なんでもないって」と苛立った声を出した。鏑木の目から逃れるように横を向く。

視線を転じた先では、天高く組まれた鉄骨の足場の上を、人のシルエットが行ったり来たりしていた。まるでジャングルの樹木を渡り歩くクロザル『モノ・ネグロ』のようだ。

蓮たち一行が午後から視察に訪れているのは、新たに建設中のシウヴァ財団の関連施設の建設現場だった。

カーンカーン、ガガガガッ。

鋼《はがね》の仮囲いの中で、絶え間なく工事の作業音が鳴り響き、重機が唸《うな》りをあげている。ヘルメットと作業服を身に帯びた作業員が忙しそうに行き交い、ゲートからは頻繁に、資材を積んだ大型トラックが出入りしていた。

三年後の竣工を目指して、延べにして数万人単位の作業員が関わる大がかりな建設作業が進められているのだ。

建築を手がけるのはエストラニオ屈指の建築家で、広大なスペースの半分がオフィス、残りの半分には美術館や図書館、劇場、公園など、多種多様な施設が造られることになっている。

当初は、シウヴァ財団に関連するオフィスビルを複数建てる予定だったのだが、蓮がトップになってから計画を変更した。オフィスをコンパクトにし、その分、残りのスペースをハヴィーナ市民が無料で利用できる文化施設建設地に充《あ》てることにしたのだ。図書館に併設予定の講堂を使用して、恵まれない子供たちが学べるリーディングスクールを開く構想もある。

文化面で市民に貢献したいという蓮のビジョンに鏑木も賛同し、計画変更に尽力してくれた。幹部会の反対派を説き伏せてくれたのも鏑木だ。

完成予想図や図面、模型に目を通しているが、それはあくまで紙の上でのこと。蓮自身、自分の目で現場の進捗状況《しんちょくじょうきょう》をチェックできる今日の視察を楽しみにしていたのだが……。

(せっかくの機会なのに……それどころじゃない)

自業自得とはいえ、二日酔いの頭に大音量の騒音はキツい。

どんどんひどくなってくる嘔吐感《おうとかん》をやり過ごすのに必死で、建築事務所の担当者や現場監督の説明も耳に入ってこない。

(気持ち……悪い)

俯《うつむ》いて唇を引き結び、断続的に込み上げてくる吐き気と闘っていると、様子がおかしいと気がついた鏑木にふたたび「大丈夫か?」と訊かれた。

今度は誤魔化すこともできずに、黙って首を横に振る。毛穴から脂汗が滲み出てきて首筋が濡れた。目の前が紗《しゃ》がかかったように暗くなる。

(もう……限界だ)

一刻の猶予もなかった。

(確か、さっき昼食を摂《と》った仮設の建物にレストルームがあった)

思い出すやいなや、くるりと身を翻《ひるがえ》す。

「ちょっと……レストルームに」

それだけをどうにか鏑木に告げると、蓮は小走りにその場を離れた。

「蓮！」

鏑木の声が追ってきたが、振り返る余裕もなく走る。振動で吐き気が増したが、口を手で押さえて耐えた。

舗装されていない砂利道を一目散に駆け抜け、目指す建物に飛び込む。かすかな記憶を頼りに、左手の奥にあるレストルームに駆け込んだ。

個室のドアを開けて便器を見た瞬間、激しい嘔吐反応に見舞われる。床に膝をついた蓮は、便器に覆い被さるようにして吐いた。

「ぅ……げぇ……うえっ……」

便器に縋《すが》ってはぁはぁと胸を喘《あえ》がせているうちに、またもよおす。吐いて、インターバルを置いて吐いてを何度か繰り返し、胃の中が空っぽになった頃、漸《よう》やく嘔吐《えづ》きが収まった。

「はぁ……はぁ……」

立ち上がって呼吸を整える。

全部出し切ったせいか、吐く前とは段違いに楽になった。

「……ふー……」

息を吐き、水を流して個室から出る。シンクのカランを捻《ひね》って口をゆすいだ。ついでに涙でぐしゃぐしゃになった顔も洗う。濡れた顔を上げて、鏡の中の自分と目が合った。

（……ひどい顔）

顔色は青白く、目の下にうっすら隈《くま》が浮いている。

眉をひそめた蓮は、ぽたぽたと雫《しずく》が垂れる手でジャケットのポケットを探った。ハンカチを探していると、目の前の鏡に突如男の顔が映り込む。

「…………っ」

バッと振り返り、すぐ後ろに立っている鏑木と対峙《たいじ》した。

心配して追ってきたのだろう。蓮を見つめるその表情は気遣わしげだ。

（吐いたの……ばれた？）

びしょびしょに濡れた顔のまま、フリーズする。

蓮の状態を推し量るような眼差しをしばし向けていた鏑木が、どうやら体調は落ち着いたようだと判断したのか、ハンカチを差し出してきた。

「ほら、使え」

「……ありがとう」

ばつの悪さを堪《こら》えて顔を拭く。使ったハンカチを蓮から受け取りながら鏑木が言った。

「二日酔いか？」

覚えず肩が揺れてしまう。

（しまった）

これはもう認めたも同然だ。鏑木の咎《とが》めるような視線から、蓮は気まずく目を逸らす。

「やっぱりそうか。朝から酒臭かった」

その言葉にショックを受け、「本当に？」と鏑木に確かめた。

「密室に長時間一緒にいなければわからない程度だがな」

ほっと息を吐く。そうであれば、気がついたとしても秘書とボディガードの身内だけだ。

「誰と呑んだんだ？」

鏑木の詰問口調にむっとして、「誰だっていいだろ？」と言い返す。

「誰と呑んだ？」

威圧的な低音で質問が繰り返された。

突っぱねたかったが、鏑木の長身から放たれるプレッシャーに負け、小声で「ジンだよ」とつぶやく。

一瞬、鏑木の顔に安堵の色が浮かんだような気がした。

だが確認する前に、ふたたび表情が険しく引き締まってしまう。

「ずいぶんと呑んだようだな」

鏑木が苦々しげな声を発した。

予想どおりにお説教モードに入った男を、蓮は上目遣いに睨む。

「別に……もう成人しているんだから……違法じゃない」

「確かに違法じゃない。呑みたい時に呑むのはおまえの自由だ。しかし、翌日の仕事に差し支えるほど呑むのはどうなんだ？」

冷ややかな声音で痛いところを衝かれ、蓮はぐっと押し黙った。それを言われたら返す言葉がない。

「おまえは『自分の行動には自分でちゃんと責任を持てる』と言ったが、今日の様子を見るだにとてもそうは思えない」

薄々自覚があったウィークポイントを当てこすられて、じわじわと顔が熱くなった。

結局……こうなるんだ。

酒の力を借りて一時憂さを晴らしたところで、根本の解決にはならない。

それどころか、自制が利《き》かずに呑みすぎて……仕事にまで影響するような醜態を晒《さら》して。

大見得を切ったくせに、こんな場所で説教されている自分が情けない。

最悪だ。

みっともなくてイライラした。

「蓮、おまえの言動は常に世間に注目されている。一挙手一投足がニュースになるんだ。おまえ個人の振る舞いが、シウヴァの発言となり、行動として、世に認知される。そのことを忘れるな」

（出た！　シウヴァ！）

いま現在一番聞きたくない耳障りなフレーズに、ぎゅっと奥歯を噛み締める。

「まぁ……今回は幸いにも大事に至らなかった」

自分の素行に呆れつつも、未熟だから仕方がないと鷹揚《おうよう》にあしらおうとするニュアンスを嗅《か》ぎ取《と》り、蓮の頬はぴくっと引《ひ》き攣《つ》った。

鏑木の持ち味である包容力すら、いまは腹立たしく感じる。

たぶん鏑木は、自分の一連の行動を、遅れてきた反抗期くらいにしか思っていないのだ。

「誰にだって失敗はある。大切なのは、失敗を繰り返さないことだ。今回の件を反省材料として、改めてシウヴァの当主としての自覚を持ってくれればいい」

鏑木の言葉はいちいちもっともで、だからこそ蓮の胸をチクチクと刺激した。

「……つまり、二度と呑まなきゃいいんだろ？」

蓮が尖《とが》った声を出すと、鏑木は「そうは言っていない」と否定する。

「言ってるも同然じゃないか。シウヴァの当主として、誰からも後ろ指をさされないよう、清く正しく生きろってことだろ。わかったよ。話はそれだけ？」

早口で畳みかける蓮に、鏑木が眉根を寄せた。

「おい、まだ終わっていいな……」

「先に戻るから」

話の途中で鏑木の横を擦り抜け、レストルームから出る。これ以上一緒にいたら、また爆発してしまいそうだった。

「蓮、待て！」

鏑木が追ってくる気配を感じて歩を速める。

「まだ調子が戻っていないだろう。走るな！」

忠告を取り合わず、蓮は建物から駆け出した。勢いで飛び出したものの、秘書や現場監督、建築事務所の担当者たちが待っている場所がわからない。

(どこだ?)

一行を探して蹈鞴《たたら》を踏んでいると、背後から「蓮!」と呼ばれた。

(鏑木!)

全速力で逃げ出したのは、深い意味があったわけではなく、ほぼ条件反射だった。

ジャングルで鍛えた脚力には自信があったが、鏑木の忠告は正しかった。まだ万全とは言えない体に負荷をかけ過ぎたのか、五十メートルほど走ったところで足許がふらつく。

「うわっ……」

よろめき、躓《つまず》いて、前のめりに体が浮いた。

(転ぶ……!)

転倒の勢いで、ズザーッと砂利にスライディングする。

「いっ……つぅ」

強く打った膝を抱えて蹲《うずくま》っていると、切迫した声で呼ばれた。

「蓮っ!」

その声にはっと顔を上げる。横合いから突っ込んでくる大型トラックが視界に映った。

「……っ」

運転手が蓮に気がつき、あわててブレーキを踏んだが、間に合わない。

轢《ひ》かれる!!

死を意識した瞬間、恐怖で全身が硬直する。フリーズした蓮の腕を誰かが掴んだ。その誰かが蓮を胸に抱き込み、ゴロゴロと地面を横転する。やがてガンッと激しい衝突音が響き、回転が止まった。

(な……に?)

体の動きが止まってもしばらくは、なにが起こったのかわからなかった。重なり合っている誰かの重みで胸を圧迫され、息ができない。

(くるし……)

視界も塞がれているので、依然自分が置かれている状況はわからないままだったが、ほどなく複数の人間がわらわらと近寄ってくる気配を感じた。

「大丈夫ですかっ!?」

作業員らしき男性の切迫した声が聞こえ、蓮の腕を掴んだ。覆い被さっている誰かの下から引き摺り出してくれる。胸の圧迫から解放されて呼吸が楽になった。

「げほっ……げほっ」

「怪我《けが》は?」

蓮を引き摺り出した作業員が心配そうに尋ねてくる。

「俺は……大丈夫……」

フェンスに凭《もた》れかかり、掠れ声で答えた直後だった。視界の片隅が捉えたビジュアルに息を呑む。

鏑木が倒れていた。頭から流れ落ちた血で、横顔が真っ赤に染まっている。

「かぶら……ぎ?」

その段になって蓮は漸く、さっきまで自分に覆い被さっていた「誰か」が鏑木であったことに気がついた。

鏑木がトラックの前に飛び出し、自分を救ってくれたのだ。

(トラックを避けた勢いでフェンスに激突した……?)

「鏑木っ」

血まみれの鏑木に飛びついて揺り動かそうとして、作業員に「駄目だ!」と止められる。

「頭を強く打っている。動かしては駄目だ!」

「誰か! 救急車!」

工事の騒音に負けじと張り上げられる叫び声。複数の人間がバタバタと走り回る足音。

にわかに慌ただしさを増した工事現場で、蓮一人が蒼白な顔で凍りつき、ぴくりとも動かない鏑木を凝視していた。


コンコンコンと控えめなノックが響いた。

「……どうぞ」

「失礼いたします」

ドアがスライドして、神妙な面持ちの秘書が病室に入ってくる。ベッドの脇の椅子に腰掛ける蓮まで、静かに近づいてきて尋ねた。

「膝の具合はいかがですか？」

「内出血しているけど骨に異常はないって」

念のために、転んだ際に打った膝を診《み》てもらったのだ。

「そうですか……よかったです」

ほっとしたように秘書が息を吐く。

膝の内出血以外、無傷で済んだのは、鏑木が身を挺《てい》して庇ってくれたおかげだ。

「レン様、本日ですが、このあとはいかがなさいますか？」

「今夜はここに泊まる」

蓮の返答に、秘書が「かしこまりました」と応じる。

シウヴァが運営する病院なので、その点自由が利き、いかようにでもできた。この個室にも仮眠用のベッドがあるし、浴室や宿泊設備が完備された別室を使うこともできる。

「では明朝《みょうちょう》は、こちらに直接お迎えに上がる形でよろしいでしょうか」

「うん……そうしてくれ」

「これから私は、明日《みょうにち》のお着替えなどをピックアップするために『パラチオ　デ　シウヴァ』に向かいますので、セニョール・ロペスにもその旨をお伝えいたします」

「頼む」

一礼して下がろうとする秘書に、蓮は「今日はありがとう」と礼を言った。

「スケジュールの調整をしてくれて助かった」

蓮の謝辞に、秘書は驚いたように眼鏡の奥の目を瞠《みは》った。

鏑木と一緒に救急車に乗り込んだ蓮の代わりに、彼が各所に連絡を入れ、その後の予定をキャンセルしてくれたのだ。急な変更だったので、調整をつけるのは大変だっただろう。キャンセルの電話のあとで各担当者のもとに出向き、直接頭を下げて回ったに違いない。

本来ならシウヴァのトップとして、鏑木のことは他のスタッフに任せ、引き続き業務を遂行すべきだったのかもしれない。だけど蓮にはそれができなかった。

自分のために怪我をした鏑木に、どうしても付き添いたかった。

その思いを汲んだ秘書がみずから「あとは私がなんとかいたしますので、セニョール・カブラギと一緒に病院にいらっしゃってください」と申し出てくれたのだ。常に行動を共にして、鏑木と蓮の強い繋がりを知っている秘書だからこそ、蓮の気持ちを理解してくれたのだろう。

「レン様……もったいないお言葉です」

秘書が本当に申し訳なさそうな顔で首を振り、ベッドを一瞥《いちべつ》してから表情を引き締める。

「私にセニョール・カブラギの代役が務まるとも思えませんが、できる限りの対応をいたしますので、明日《みょうにち》よりどうかよろしくお願いいたします」

「こちらこそよろしく頼む」

秘書が「失礼いたします」と深く頭を下げ、病室から出ていった。

ゆっくりとスライドして閉じたドアも、天井も、壁も、床も白。

こうして白一色の空間に身を置いていると、二年前のことが思い出された。

祖父が凶弾に倒れた日――。

蓮はベッドに視線を戻す。

（……鏑木）

あの時は側にいて、自分を支えてくれた鏑木が、いまは病室のベッドで昏々《こんこん》と眠っていた。

頭に包帯が巻かれ、右肩には大判の湿布が貼られている。背中や手首から細い管が伸び、ベッド脇に設置された点滴スタンドに繋がっていた。背中の点滴は鎮痛剤らしい。

蓮を庇ってフェンスに激突した鏑木は、頭を何針も縫う大怪我をしたうえに右肩を強打した。整形外科の医師の診断によると「腱板損傷《けんばんそんしょう》」という状態で、手術の必要はないが、しばらくは右腕が使えないだろうとのこと。

頭部と右肩を合わせて全治二週間の重傷ではあるが命に別状はない――という診断結果を聞いた時は、張り詰めていた緊張の糸が切れ、安堵のあまりにその場に蹲りそうになった。

施術の間、控え室でずっと握り締めていた母の十字架に、蓮はお礼を言った。

神様、鏑木を助けてくださってありがとうございます。本当にありがとうございます。

施術後、鏑木がこの個室に入ってから三時間が経過しているが、蓮は片時もベッドの側から離れなかった。夕食も摂らず、ひたすら鏑木の寝顔を見つめ続けた。

自分がこうしていたからといって、鏑木の傷が早く治るわけじゃないことはわかっている。

それでも、そうせずにはいられなかったのだ。とてもじゃないが、鏑木を置いて『パラチオ　デ　シウヴァ』に戻る気持ちにはなれない。

担当の医師にも、「意識が戻ったらお呼びしますから、それまで別室でお待ちになったらいかがですか」と勧められたが、蓮は病室で付き添うことにこだわった。

意識がない状態で病院に運ばれ、頭部を縫うために麻酔をかけられた鏑木と、蓮はまだ話をしていない。

早く目を覚まして欲しかった。

意識が戻ったら、まず一番に謝りたい。

鏑木が怪我をしたのは……自分のせいだ。

――蓮、待て！

――まだ調子が戻っていないだろう。走るな！

彼の制止を振り切って走り出し、躓いて転倒した自分のせいだ。

倒れたところにトラックが突っ込んできたのは不幸なタイミングだったけれど、そもそもは鏑木の言うことをちゃんと聞いていれば、ああいった事態には陥《おちい》らなかった。

そして、鏑木が身の危険を顧みずに飛び出して助けてくれなかったら、自分は轢かれていた。大型トラックに轢かれていたら、まず助からなかっただろう。

鏑木に命を救われたのは、二年前のスラムでの救出劇、アナの誘拐の時に続いて三度目だ。

アナの誘拐の時も、鏑木は自分を庇って落命の危機に瀕《ひん》した。ガブリエルがレオニダスを撃たなかったら命を落としていたかもしれない。

鏑木の「おまえはバンに残れ」という言いつけを破って突っ走って、彼の命を危険に晒《さら》した自分を深く反省したはずなのに……また同じことを繰り返してしまった。

（……ごめん）

膝の上で組んだ手にぎゅっと力を入れた蓮は、眠り続ける鏑木に心の中で謝った。

ナオミとの結婚話を聞いてからずっと、素直になれずに苛立ってばかりいた。

顔を合わせれば突っかかって……。

かわいげのない態度を取った。暴言もいっぱい吐いた。

振り向いてくれないから、やつあたりを……した。

なのに。

そんな自分を助けるために、鏑木は一瞬たりとも躊躇《ちゅうちょ》しなかった。

鏑木を遠い……と感じていたけれど、あんなふうに命を投げ出してくれる人間は他にいない。

それだけ、鏑木は自分を大切に想ってくれているのだ。改めてそのことを実感した。

たとえ恋愛感情ではないとしても。

主人筋に対する忠誠心だとしても。

自分がシウヴァの当主だからだとしても。

（……それでも）

大切に想ってくれている気持ちに変わりはない。

命をかけて護ってくれたことに、ありがとうと言いたい。心からの感謝を伝えたい。

鏑木を失いたくない。これからもずっと側にいて欲しい。

だから――おめでとうと言おう。

ナオミとの結婚を祝福しよう。

やっとそう思えた。今回の件が自分の背中を押してくれた。

もちろん、まだすごく辛いけれど……。

包帯が痛々しい寝顔を見つめ、胸の奥から溢れ出る切ない想いを噛み締めて、愛する男の名前をつぶやく。

「……鏑木」

するとその呼びかけに反応したかのように、視線の先の鏑木が、ぴくっと眉を動かした。

「……っ」

眉間に皺を寄せて目蓋《まぶた》をぴくぴくと蠢《うごめ》かす。蓮は思わず腰を浮かせた。

(意識が……戻った？)

息を詰めて鏑木を凝視する。

鏑木がじわじわと目を開いた。眩しそうにぱちぱちと両目を瞬《しばたた》かせ、天井を見つめる。

「か……ぶらぎ」

蓮が呼ぶと、ゆっくりとこちらを見た。灰褐色の瞳と目が合う。

(よかった。無事に目が覚めた)

稀に麻酔から醒めない事例もあると聞いていたから、ほっとした。

安堵に体の強ばりを解き、もう一度名を呼ぶ。

「鏑木」

様子がおかしいと気がついたのは、その時だ。

リアクションがない。自分を見ても鏑木はなんの反応も示さなかった。ぼんやり蓮を見上げている。

こちらを見る目に普段の力強さはなく、顔全体からも覇気が感じられなかった。

麻酔がまだ効いているのだろうか。ぼーっとして見えるのは、そのせいかもしれない。そう思いつつも、なんだか嫌な予感がした。

背中をじりじりと這い上がってくる悪寒を振り払うために、蓮は立ち上がった。枕元に覆い被さるようにして尋ねる。

「気分はどう？」

「…………」

「気持ち悪くない？　鎮痛剤が入っているから痛みはないと思うけど」

話しかけても返答はなかった。質問の意味が通じていないみたいに無表情のままだ。

胸騒ぎを覚えた蓮は「俺がわかる？」と訊いた。

「…………」

「俺だよ。蓮だよ」

そこまで言っても表情に変化はない。麻酔から覚めたばかりで聴覚が麻痺しているのかとも思い、声のボリュームを上げる。

「蓮だよ！」

「れ……ん？」

やっと口が開き、覚束《おぼつか》ない声が漏れた。これまでの、自分を呼ぶイントネーションと違う。こちらに向けられた眼差しはどことなく不思議そうで、知らない誰かを見るような目つきだ。

戸惑いの色が浮かぶ双眸を見ているうちに、胸がざわざわして首筋が粟立つ。

脳裏に事故直後の、頭から血を流していた鏑木の映像がフラッシュバックした。フェンスに激しくぶつかり、頭を強打した鏑木。

（まさか……）

いや、そんなわけがない。きっと麻酔の後遺症で混乱しているだけだ。

自分にそう言い聞かせた蓮は、震える唇で確認した。

「鏑木……俺がわからないのか？」

「かぶらぎ？」

鸚鵡返《おうむがえ》しにした鏑木が、じわりと眉をひそめる。三十秒ほど、なにかを懸命に思い起こそうと試みているかのような表情を見せたあとで、不安そうに尋ねてきた。

「それが……俺の名前なのか？」

「……………ッ」

蓮に衝撃が走る。頭から冷水を浴びたみたいに体温が急激に低下し、全身が震え出した。氷のように冷たくなった指先で、ヘッドボードを摑む。

「冗談……だよな?　いまの……ジョークだよな?」

一緒に笑い飛ばしたかった。冗談に決まっているだろ、なに本気にしてるんだと笑って欲しかった。

でも鏑木は真顔で「わからない」と答える。

「嘘……だろ?」

夜の帳《とばり》が下りたように、目の前が暗くなっていくのを感じた。

膜が一枚かかった薄暗い視界の中で、鏑木が苦しげに顔を歪める。

「なにも……思い出せない」

苦悩に満ちたつぶやきを耳にした刹那、背骨がぐにゃりと曲がり、蓮は椅子にへたり込んだ。

IV

「ジャングルが見えてきた！」

ヘリコプターの後部座席で、窓から外の景色を眺めていた蓮《れん》は、眼下に広がる緑一面の光景に歓声をあげた。その緑の絨毯《じゅうたん》をアマゾン川の支流が蛇行する様は、まさしくジャングルを這い回る大蛇《ボア》さながらだ。

「何度見ても、ジャングルの広大さには圧倒されますよね」

操縦席《コクピット》で相槌《あいづち》を打った男は、金髪にヘッドセットをして操縦桿《そうじゅうかん》を握っている。名前はミゲル。イタリア系移民の血を引く陽気な男だ。

「思い出しますよ。レン様を乗せてハヴィーナに向かった時のこと。なぁ、エンゾ」

ミゲルが傍《かたわ》らの男に同意を求める。

「ああ」

髭面《ひげづら》の大男がうなずいた。口数が少ないこの男も、ミゲルも、元軍人だ。退役した現在は、シウヴァに雇用されている。

「あれから八年かぁ……あの時の痩《や》せっぽちのガキ……」

コホンと咳払いをしたミゲルが「失礼」と謝った。

「別にいいよ」

蓮は肩を竦《すく》める。

「もとい――少年だったあなたが、こんなに立派な青年に成長したんですから、それくらいの時間は経って当然だけど、なんだかあっという間でしたねぇ」

感慨深げなミゲルの声を耳に、蓮は八年前のことを思い出した。

祖父の命令を受け、部下と現地ガイドを引き連れた鏑木《かぶらぎ》が、自分をジャングルまで探しに来た。今回の送迎役のミゲルとエンゾは、八年前の捜索に同行していた。

――きみは蓮だな？

――なんで……俺の名前。

――俺たちはきみを迎えに来たんだ。

当時の自分は十歳。

ミゲルとエンゾ、ガイド、そして鏑木と自分の計五名で、ジャングルからヘリコプターで飛び立ち、祖父が待つハヴィーナへと向かった。

あの時、初めて上空から見たジャングルの広大さに圧倒され、それと比べて人間は本当にちっぽけな存在だと思ったのを、つい昨日のことのように思い出す。

ジャングルしか知らなかった自分が、生まれて初めて、世界の大きさを実感した瞬間だった。

あれから八年――。

祖父が存命の間はジャングルに戻ることはなかったが、蓮が当主になって以降は年に二回、バカンスで帰郷するようになっていた。

最後に来たのは二ヶ月前。やはりバカンスだった。その時一緒だったのは……。

ジャングルから視線を転じた蓮は、自分の左隣を見た。カーキ色のシャツの上にミリタリーベストを着けた男が、蓮とは反対側の窓を覗き込んでいる。

「鏑木」

形のいい後頭部に呼びかけたが、反応はなかった。もう一度「鏑木」と呼んで、やっとこちらを振り返る。

男らしい眉の下の灰褐色の瞳、高い鼻梁《びりょう》、肉感的な唇。男らしく整った精悍《せいかん》なルックスは、八年前からほぼ変わりがない。変わったとすれば、入院生活でちょっとだけ痩せて、ただでさえ彫りの深い顔立ちがいっそう立体的になったくらいだ。

(……なのに)

「なんだ?」

蓮にまっすぐな眼差しを向けながら、鏑木が聞き返してくる。自分を見つめる澄んだ瞳を眩しく感じて、蓮はじわりと目を細めた。

同じ顔かたちでも、以前とは雰囲気が違うように感じるのは、瞳のせいかもしれない。入院する前の鏑木は、どこか昏《くら》い目をしていたから……。

自分の言葉を待っている鏑木に気がつき、蓮は意識的に笑顔を作って話しかけた。

「ジャングル……すごいだろ?」

横目で窓を見やり、鏑木がうなずく。

「ああ……すごいな」

「見覚えない？」

その問いかけには、やや困惑した表情で首を横に振った。

「……いや」

「いいよ……焦らなくて大丈夫」

あわてて取りなす。

「きっといまに思い出すから」

宥《なだ》めるような蓮の声色に反応してか、操縦席のミゲルがちらっと視線を寄越した。いつもは陽気な顔に、めずらしく気遣わしげな表情が浮かんでいる。

軍の親衛隊にいた時代から鏑木の部下だった彼らにとっても、少佐の記憶障害は大きな衝撃なのだ。

シウヴァの中枢セクション所属の彼らが、今回わざわざ送迎役を買って出てくれたのも、少しでも鏑木の記憶が戻る手伝いがしたいという一心からだろう。

十日前。

工事現場で蓮を庇ってフェンスに激突した鏑木は、頭を強く打って重傷を負い、救急搬送された。

シウヴァの運営する病院で麻酔をかけ、頭部を何針も縫う施術を受けた。怪我《けが》自体は、全治二週間という診断だったが……。

ベッドで目覚めた鏑木は、記憶を失っていた。

――かぶらぎ？

――それが……俺の名前なのか？

――なにも……思い出せない。

担当医によれば、記憶障害には『前向性健忘』と『逆向性健忘』があるが、鏑木の場合は後者であるとのことだった。

つまり、受傷より以前の記憶が抜け落ちた状態だ。

記憶を呼び出す『想起』の障害で、ある地点から遡《さかのぼ》っての記憶が引き出せない状態に陥《おちい》っているらしい。

鏑木は、自分の名前、年齢、生い立ち、家族、職業などのパーソナルデータ、および人間関係、個人的なエピソードの記憶を失ってしまっていた。

体を動かしたり、食事をしたりといった人間としての基本的な動作は問題なくできる。

また、ベッド、皿、グラスなど、物の名前はわかり、その用途や使用方法も理解している。

歴史認識などの一般的な記憶も残っており、計算能力や語学力も失っていない。

でも蓮を見ても、会話を交わしても、誰だかわからなかった。

家族はもとより、仕事仲間、ロペス、ジン、ソフィア、アナ、ガブリエル……ナオミのことすら覚えていなかった。

なにより、鏑木にとって人生の中核《コア》であるはずのシウヴァの存在を忘れていた。

自分と過ごした八年間の記憶が、鏑木の中からきれいさっぱり消えてしまったとわかった時のショックは、言葉では言い表せない。

「それで――ドクター」

あらゆる検査の結果、記憶障害であることが確定し、連絡を受けた蓮は担当医と面談の時間を持った。

「鏑木の記憶は戻るんですか？」

詰め寄る蓮に担当医は難しい表情を作り、「なにぶん脳の障害ですので、現時点ではっきりとしたことは言えません」と答えた。

「日を追って少しずつ思い出していく事例もありますし、なにかをきっかけに一気に記憶を取り戻す事例もあります。また人によっては……」

「人によっては？」

「……思い出せないまま……という事例もあります」

重々しい声音で示された残酷な可能性に、目の前が真っ暗になった。

頭の傷は早晩癒える。だが、失った記憶は生涯戻らないかもしれない。

亡くなった両親や兄弟との大切な記憶。友人や仲間たちとのかけがえのない日々。

誰かを愛したこと。愛されたこと。辛かったこと。幸せだったこと。苦しかったこと。

すべて一度失ったら、二度とは取り戻せないものばかりだ。

それらの膨大な時間と経験の積み重ねを礎《いしずえ》に、鏑木という人間は出来上がっているのに。

記憶のないまま、新しい人生を構築していくことだってできなくはないだろう。

でもそうなった時、それはもうかつての鏑木ではないのではないか。

(俺の……せいで)

鏑木が記憶を失った元凶が自分であることを思うと、罪悪感に押し潰されそうになった。

罪の意識と一緒に蓮を苦しめたのは、大きな拠《よ》り所《どころ》を失った心許なさ。

こうなってみて改めて、自分がどんなに鏑木に依存していたか、自分にとってどれだけ鏑木という存在が大きかったのかを思い知った。

落ち込む蓮を叱咤激励してくれたのは、ジンだった。

「誰のせいとか自分が悪いとか、ンなことでクヨクヨしてる場合かよ？　自分を責めてる時間があったら、カブラギサンの記憶が一日でも早く戻るように、やれるだけのことを全部やれ。めそめそすんのは一通りやり尽くしたあとだろ？」

そうだ。ジンの言うとおりだ。落ち込んでいる場合じゃない。

いまの鏑木は心身共にダメージが激しい状態で、シウヴァの当主の側近という重職は担《にな》えない。

これに関しては当面、業務内容を把握している秘書が代役を務めることとなった。

とりあえず秘書と一緒に日々のタスクをこなしつつ、わずかな空き時間を見つけては、蓮は足繁く病院に通った。

鏑木に面会し、蓮のことを覚えていない彼に、二人の出会いから事故に至るまでの経緯を語って聞かせた。

鏑木の遠縁で、鏑木家の屋敷を切り盛りしている久坂《くさか》という男性から家族のアルバムを借用し、写真を見せながら、順を追って生い立ちを語り伝えた。

もともと知力が高い鏑木は、何事に対しても理解が早く、三日も過ぎると大筋を把握した。

とはいえ、本当の意味でわかっているわけではない。データとして頭で処理しているだけだ。

とりわけ、シウヴァに対する自分の立ち位置を理解するのが難しいようだった。

シウヴァという家に仕えることが、鏑木家代々の生業《なりわい》……と聞かされても、すぐに納得できないのはわかる。

年の離れた主人筋の蓮に対しても、どう接すればいいのかスタンスが摑めないようで、はじめの数日間は他人行儀だった。しかしこれは蓮が根気強く、「蓮と呼んでくれ」「敬語は必要ない」「主従関係だけど兄弟みたいなつきあいだった」と言い聞かせているうちに、当初のぎくしゃくした空気は日を追って薄れた。

元来が頑強な肉体の持ち主のせいか、担当医も驚くほど怪我の治癒は早かったが、記憶障害はいっこうに回復の兆しが見えなかった。

「もしかしたら、早く思い出そうと無意識のうちに自分にプレッシャーをかけてしまっているのかもしれません。そうすることによって脳に強いストレスが加わり、『想起』が困難になっている可能性がありす。頭部の外傷の完治は時間の問題ですので、いつでも退院は可能です。退院後はハヴィーナを離れ、どこか落ち着ける場所で療養したほうがいいかもしれません」

担当医の説明を聞いた蓮の頭に、療養地候補として真っ先に浮かんだのはジャングルだった。

あそこなら自然がいっぱいだし、人もいない。わずらわしい人間関係もない。

過去のジャングルでのバカンス中、鏑木も仕事や任務のしがらみから解放され、心なしかのびのびしていた。あの大自然の中で療養すれば、身も心もリラックスできて記憶が戻るかもしれない。

それに密林は自分と鏑木にとって、八年間の原点でもある大事な場所だ。

（ジャングルだ！）

思い立った蓮は、すぐに秘書を通してシウヴァ幹部会に、鏑木の転地療養と自分の休暇を申し入れた。

鏑木をジャングルで療養させるのならば、当然ながら付き添いは自分だ。

なにしろ、鏑木の記憶障害は自分のせいなのだ。

自分には彼の記憶を取り戻す責任がある。

そう主張したが、懸念していたとおりに難色を示された。

鏑木の代役は現行秘書が務めているが、蓮の代わりを務められる人間がいない――というのが、幹部会の不認可の理由だった。

しかし、意外なところから助っ人が現れた。

ソフィアだ。

鏑木の記憶障害に心を痛め、回復がはかばかしくないことを案じていたソフィアが、「私がやるわ」と名乗り出てくれたのだ。

「それは願ってもない申し出だけど、いいのか？」

「ヴィクトールは私にとっても大切な友人よ。ただし、私一人では荷が勝ちすぎるから、ガブリエルにサポートしてもらうつもり」

蓮は、ソフィアの横に立つ婚約者を見た。ガブリエルが力強くうなずく。

「私もきみとヴィクトールの役に立ちたい。レン、休暇の間はシウヴァのことは忘れて、ヴィクトールをフォローしてやってくれ。彼の一日も早い復活を祈っている」

「二人ともありがとう」

蓮は二人の力添えに心から感謝した。

ソフィアの申し出によって、幹部会も蓮の休暇を許可せざるを得なくなった。

特別休暇として与えられたのは二週間。

それ以上は無理だと念を押され、蓮はその期限を受け入れた。

二週間でも円満に休暇が取れたのは有り難い。当主権限で強行突破できないこともなかったが、なるべくならそうしたくなかった。

記憶が戻った時に、蓮が自分のために責務を疎《おろそ》かにしたことを知れば、鏑木が喜ばないと思ったからだ。

こうして、屋敷に関する全権はロペスに、シウヴァのトップとしての采配はソフィアとガブリエルに託して、退院の翌日――つまり今朝早くに、蓮と鏑木を含む一行はジャングルを目指して飛び立った。

幾度かの給油と休憩を挟んで飛び続け、目的地を目前にしたいま、蓮の胸には一つの気がかりがあった。

鏑木の許婚《いいなずけ》のナオミの存在だ。

記憶障害が明らかになった時点で、蓮はナオミに連絡を取った。携帯番号を知らなかったので、警察官である彼女が勤務するセントロ署に電話をしたが、タイミング悪く、ナオミは海外視察で国外に出ていた。

帰国した頃に改めて連絡を入れようと思っていたのだが、退院や出発の準備でバタバタしているうちに、機を逸したまま今朝を迎えてしまった。その間、ナオミからも連絡はなかった。まだエストラニオに戻っていないのかもしれない。

鏑木は自分に許婚がいたことを覚えていない。蓮もナオミの話をしていない。大量の情報を一気に耳に入れると鏑木が混乱するかもしれない——そう自分に言い訳をして、話さなかったのだ。

（言い訳……そうだ、言い訳だ）

わざと隠した？

自分でもわからない。

ナオミの存在を知ったら、鏑木はどうするだろう？　会いたいと言うだろうか。

蓮は横目でちらっと左隣を窺《うかが》い見《み》た。鏑木は先程と同じように窓の外を見ている。かつてジャングルでバカンスを過ごした記憶は失っても、広大な密林にはやはり魅力を感じるようだ。

そもそも、本来ここにいるべきなのは自分ではなく、ナオミなのかもしれない。

ふと脳裏に浮かんだ考えに、ちくっと胸が痛む。

（そうかもしれない）

でもどうしても、自分が一緒にジャングルに行きたかった。

自分の力で鏑木の記憶を取り戻したかった。

（エゴだってわかっているけど……）

「レン様、そろそろ着きますよ」

ミゲルの声で、蓮は長い物思いから現実の世界へと引き戻された。

窓に顔を近づけると、まずは蛇行する川と砂州《プラヤ》が視界に映る。砂州から少し離れた密林の中に、四角い平地が見えた。蓮が生まれ育った土地だ。

　蓮が暮らしていた頃は猫の額ほどの狭い土地だったが、その後シウヴァが周辺を切《き》り拓《ひら》き、現在では結構な面積になっている。

「降下します」

　ミゲルが操縦桿を操り、ヘリコプターを降下させた。四角い平地がどんどん近づいてきて、様子がはっきりと目視できるようになる。

　シウヴァが雇った近隣の村人が定期的に掃除や手入れをしてくれているおかげで、敷地内は雑草に覆われることもなく整然としていた。一角に高床式の小屋が見える。この小屋も、昔は強風に吹き飛ばされそうな掘《ほ》っ建《た》て小屋《ごや》だったが、いまは雨期の洪水やスコールにも耐えうる頑丈な建物に造り替えられていた。

　降下したヘリコプターが、ヘリポートとして設けられたスペースにふわりと着地する。

「さぁ、着きましたよ！」

　ヘッドセットを外したミゲルの声を合図に、蓮と鏑木はシートベルトを外した。ひゅんひゅんと音を立てて回転していたブレードが止まり、蓮と鏑木は後部座席のドアから降りる。続いて、トランクケースと食料が入ったクーラーボックスを抱えたエンゾ、こちらも両手に荷物を持ったミゲルが降りてきた。

「へー……あの時の小屋が、ちょっと見ないうちに随分《ずいぶん》と立派になったもんだ。見違えたな、エンゾ」

「ああ」

「これなら快適に過ごせますね」

　まだ右肩が万全でない鏑木の代わりに、エンゾとミゲルが小屋まで荷物を運んでくれる。

小屋の中にすべての荷物を運び入れると、地上で待つ鏑木と蓮のところまで戻ってきた。

「じゃあこれで俺たちは帰ります」

「二人ともありがとう」

蓮はミゲルとエンゾ、それぞれに手を差し出す。蓮と握手をしたあと、二人の男は鏑木に向き直った。その顔はどちらも畏《かしこ》まっている。

「少佐はずっと働きづめだったから、そろそろ少し休んでもいい時期ですよ。ゆっくり療養して、元気になって帰ってきてください」

ミゲルの言葉に、鏑木は「少佐と呼ばれるのはどうも慣れないな」と苦笑した。

「前もよくそう言ってましたよ。『よしてくれ、退役してもう何年も経つんだ』ってね。でも俺たちにとっては、退役から何年経とうがあなたは少佐なんですよ」

「……そうか」

鏑木が複雑な表情でうなずく。記憶にない自分を語られるのは、不思議な気分なのだろう。湿っぽくなったと反省したのか、ミゲルが一転してテンション高めに「じゃ！」と声を発した。

「二週間後にまた迎えに来ますんで」

「うん、気をつけて戻ってくれ」

蓮も強いて明るい声で応じる。

「レン様も少佐も、せっかくの休暇ですからめいっぱい楽しんでください」

片手を上げたミゲルとエンゾが、ヘリコプターに引き返した。二人が乗り込んでほどなく、ブレードがふたたび回転し始める。

操縦席からミゲルが手を振り、蓮も振り返した。機体がふわっと浮き上がり、飛び立つ。

上空に向かって両手を振り続けていた蓮は、ヘリコプターが見えなくなった時点で、その手を下ろした。

ふと隣に立つ鏑木を見ると、鏑木もこちらを見た。

「………」

視線がかち合った瞬間、灰褐色の双眸《そうぼう》がじわりと細まる。

目の前の男は、よく見知っている鏑木のようで、同時に知らない男のようでもある。

果たして二週間の間に鏑木の記憶は戻るのか。

しばしの沈黙を置いて、鏑木が口を開いた。

「正直に言えば、自分がいまジャングルにいるのが夢の中にでもいるようで、いま一つ実感が沸かない。そもそも自分が誰なのかを思い出せない状況自体が、悪い夢を見ているようなんだが……」

「……うん」

「俺自身よりも、俺を知っているきみが選んだ場所だ。この先のジャングルでの生活に、記憶を取り戻す手がかりがあることを願っている」

きみ、という呼び方に他人行儀なものを感じたが、いまはまだ仕方がない。

「これから二週間、よろしく頼む」

痛めていないほうの左手を差し出され、蓮も左手を前に出した。

「こちらこそよろしく」

ぎゅっと握った手のひらは大きくてあたたかい。……よく知っている鏑木の手だ。

(これから二週間……二人きりの生活が始まる)

意識したとたん、心臓がトクンッと脈打つ。

期待と不安が綯《な》い交《ま》ぜになった胸のざわめきを宥めながら、蓮は鏑木に誘いをかけた。

「小屋に入ろうか」

丸太の梯子《はしご》を先に上った蓮が、ドアを開けて小屋の中に入った。鏑木もあとから続く。

バカンスのたびに二人で寝泊まりした小屋だが、記憶を失った鏑木にとっては初めて足を踏み入れる室内だ。蓮は案内役を買って出る。

「ここが炊事場で、食事はこのテーブルでする。それと、こっちがパウダールームとバスルーム。隣がレストルーム。ここがリビング。冷え込む夜は暖炉《だんろ》で火を焚《た》くこともある」

「なかなか小綺麗で近代的だな。もっと簡素な造りかと思っていた」

鏑木が意外そうな声を出した。

「シウヴァが建て直す前は、屋根にヤシの葉を載せただけの掘っ建て小屋だったんだ。電気も通ってなかったし、本当に狭くて天井も低くて……そういえば初めてここに来た時、鏑木とエンゾは頭がつかえるからって身を屈《かが》めてた」

当時の様子を思い出した蓮の発言に、鏑木は「そうか」とつぶやき、天井を見上げる。

「俺がハヴィーナに移ってからも数年間は、両親と兄のアンドレが住んでいた。アンドレの大学進学を機に家族もジャングルを離れて、それからは近隣の村人が定期的に掃除や手入れをしてくれている」

「それで人が住んでいないわりには傷《いた》んでないし、荒れた様子もないんだな」

「そう。——この二つ並んでいる部屋が寝室。もっとも俺はほとんど使わないけど」

「使わない？」

「外のハンモックで寝るから」

鏑木が片方の眉を持ち上げた。

「夜のジャングルでハンモックか……気持ちよさそうだな」

鏑木が興味を示したことがうれしくて、蓮は「最高だよ」と強く推す。

「どんな高級なベッドも敵わない。鏑木も試してみたら？」

鏑木が笑って「そうだな、試してみるか」と言った。

室内を一通り案内したのちに、荷を解く。持参した米や小麦粉、卵、干し肉、豆の缶詰、塩や砂糖、油、酢などの食材を冷蔵庫と貯蔵庫に分けて入れ、衣類や生活小物をクロゼットと戸棚に仕舞った。

蓮は祖父の形見のエメラルドの指輪を外し、宝石箱に仕舞う。指輪は当主の証《あかし》でもあるので、ハヴィーナにいる時は人前では必ず嵌《は》めるようにしているが、ここではその必要がないし、万が一失くしてしまっても困る。指輪は外したが、母の十字架は首に提げたままだ。十字架は蓮にとって、宗教的象徴にとどまらず、自分と大切な人たちを護ってくれる魔除《まよ》け的《てき》な意味合いもあったからだ。

当面やるべきことが済んだので、暗くなる前に森を軽く散歩することにした。

休暇は有限だから、なるべく早く鏑木にジャングルでの生活に馴染《なじ》んで欲しかった。

服装はすでに二人ともジャングル仕様だ。長袖のシャツにミリタリーベスト、ワークパンツ、靴はワークブーツ。これで毒蜘蛛《どくぐも》や毒虫からの攻撃をかなり防げる。

「じゃあ、行こうか。俺が先頭に立つから、絶対にはぐれないようについてきて。注意事項としては、森の生き物に無闇に素手で触らないこと。植物のなかには毒性を持つものもあるし、落ち葉の下に毒蛇やサソリが隠れていることもあるから」

「わかった」

畏まった面持ちで鏑木がうなずいた。

「それから、水分はこまめに補給するように。喉が渇いたって意識した時にはもう脱水状態になっているから」

「了解」

いままではなんでも鏑木に教わってきたから、自分のほうがレクチャーする側に立つのは不思議な気分だった。けれどここはジャングルで、蓮のホームだ。記憶を失った鏑木にとってはアウェー。少なくとも現在のところは――。

森の中は、樹冠に覆われているせいで全体的に薄暗い。落ち葉が積み重なった足許から、熱帯雨林特有のもわっとした熱気が立ち上り、湿気を含んだ空気が体に絡みつく。

歩き出してしばらくは道があったが、十分も経つと、生い茂った緑や垂れ下がった蔓《つる》に前方を塞がれた。

道らしき道はもはやないに等しかったが、先頭を行く蓮に迷いはなかった。

子供の頃は庭だった森だ。二ヶ月前にもバカンスで来ている。

行く手を阻む、蓮の胸のあたりまである草木を、長鉈《ながなた》でザクザクと断ち切って進んだ。

進めども進めども、視界に映るのは、樹木と蔦《つた》。曲がりくねった木の根。たわわな果実と濃い緑の茂み。

聞こえるのは、キキッ、キーキーと甲高いサルの鳴き声。ピーピー、チーチー、ギャーギャーとうるさい鳥の鳴き声。ガサリ、バサリと大きな葉が落下する音。ぶんぶん飛び回る虫の羽音。

ジャングル特有の音を耳にして、熟《う》れた果実の匂いを嗅ぎ、色鮮やかな花々を目にしているうちに、じわじわとテンションが上がっていくのが自分でもわかる。

森全体が自分を迎え入れ、おかえりと言っているのを感じる。

（帰ってきた）

故郷に帰ってきたんだ！

一方の鏑木は、興味深そうに辺りを見回している。時に頭上のインコやオオハシの鳴き声に反応して顔を上げ、時にジャングル特有の板根《ばんこん》や締め殺しの木、養生植物などのめずらしい植物に足を止めて、じっと見入っている。

「そうだ、ここ。確かこのあたりだった」

ひとりごちた蓮が足を止め、鏑木もそれに倣《なら》った。

「俺たちが初めて会った場所だよ」

蓮の説明を受け、鏑木が周囲を見回す。

「俺は……あのあたりの樹の上にいた。クロザルたちと一緒に」

蓮が指し示す先を、鏑木が見上げた。

「鏑木とミゲル、エンゾ、ガイドの四人が森の中に入ってきて、サルや鳥が騒いでいた。俺にはライフルを持った見知らぬ男たちが密猟者に見えて、だから追い払おうと思ったんだ。樹の上からクロザルに木の実を投げさせて……」

「きみがサルを誘導したのか？」

「そう、鳴き真似《レメダル》で。そうしたら鏑木が、樹冠に隠れていた俺を見つけたんだ」

思い出しても不思議な気がする。

なぜあの時、鏑木は自分を見つけられたんだろう。森に同化した自分を見つけることは、家族だって簡単にはできなかった。

自分を射貫《いぬ》いてきた鋭い眼差しを、いまでもはっきりと覚えている。

目が合った気がした一瞬後、鏑木が自分に向かってまっすぐと手を差し伸べてきた。

――撃たないから下りてこい。

よく通る低音で呼びかけられた――あの瞬間から、自分たちの運命の輪は回り始めたのだ……。

「覚えてない？」

くるりと振り返った蓮は、背後の男に尋ねる。

鏑木は思案げな表情《かお》で、もう一度辺り一帯を見回した。目を細めて少しの間、蓮が隠れていた樹の上をじっと見つめていたが、やがて口惜しげに「わからない」と首を振る。

「……思い出せない」

「……そっか」

二人の出会いの場所に立てば、なにか思い出すのではないかと期待したのだが。

（そう簡単にはいかないよな）

焦りは禁物だってわかっている。

でももし、このままずっと鏑木の記憶が戻らなかったら？

じりじりと這い上がってきた焦燥を、蓮はふるっとかぶりを振って追い払った。

直後、担当医の台詞《せりふ》が脳裏に浮かぶ。

「『逆向性健忘』の場合、心因性であることがほとんどです。稀に外傷によることもありますが……今回は、その稀なケースということになりますね」

（本当にそうなんだろうか？）

鏑木の記憶喪失は怪我が原因なんだろうか。

記憶を失う前の鏑木は、いつもどこか苦しそうだった。瞳は光を失い、表情は翳《かげ》りを帯び、眉間に深い縦皺《たてじわ》が刻まれることが多くなっていた。

（もしかしたら……）

鏑木は、自分の側近でいることに恒常的なストレスを感じていて、あの事故をきっかけに、みずから記憶を封印したんじゃないのか？

（その可能性も……あるよな）

「――すまない」

いつしか鏑木を置き去りにして考え込んでいた蓮は、突然の謝罪に肩を揺らす。

「え？　あ……なに？」

振り仰いだ先に、神妙な面差しがあった。

「わざわざ休暇を取ってつきあってくれているのに……なかなか思い出せなくて申し訳なく思っている」

「そんな！　鏑木が謝る必要ないよ！」

あわてて打ち消し、内心で臍《ほぞ》をかんだ。

ヘリの中で反省したばかりなのに、また急かすような口をきいてしまった。

「こっちこそ急かしてごめん。それと、ここには俺が勝手に連れてきたんだから……なにもかも俺がしたくてしていることだから気にしないでくれ。そもそも鏑木の頭の怪我は俺のせいだし」

「きみのせいと言われても……事故のことも覚えていないからな」

怪我に至るまでの流れは説明してあったが、記憶がない鏑木は、それについてもぴんと来ないようだ。

「いまの俺の頭の中は、さっき見たアマゾンの支流の水のごとく常時濁っている状態だ。時折、ぼんやりとした記憶の片影《へんえい》のようなものが水面に浮かび上がってくることがあるんだが……捕まえようとして手を伸ばした瞬間に沈んで、また見えなくなってしまうんだ」

どこかもどかしげな顔つきで低くつぶやく。

「………」

自分が誰だかわからないのって、どんな感じなんだろう。

蓮には想像もつかないが、きっと常に身の置き場がないような、グラグラと不安定な心持ちに違いない。

並みの人間なら、もっと取り乱している気がする。

鋼《はがね》の精神力を持つ鏑木だから、まだこうして自分を保っていられるのだ。

とにかく、一番辛いのは鏑木なのだから、急き立てるような真似はタブーだ。

「焦る必要ないよ。まだ時間はたっぷりある」

自分に言い聞かせる意味合いも込めて、そう口にした時だった。

頭上のサルがキキッと騒いだかと思うと、目の前の草藪《くさやぶ》がガサガサと揺れる。ほどなく緑の茂みが左右に分かれ、そこから大型獣がぬっと姿を現した。

丸みを帯びた頭頂部から背中にかけて、なだらかに続く流線型のシルエット。黒くて艶《つや》やかな毛並み。がっしりと太い四肢と長い尻尾《しっぽ》。

『森の王』と呼ばれるブラックジャガーだ。

「グォルルルル……」

「蓮！」

鏑木が緊張を帯びた声音を発し、蓮の腕を摑む。そのままぐっと引き寄せ、自分の後ろに回り込ませた。みずからが盾となった鏑木が、ブラックジャガーと対峙《たいじ》する。

「……鏑木」

「いいから……動くな」

張り詰めた声が囁《ささや》く。

野生のジャガーから蓮を護ろうとしているのがわかった。

記憶がなくても、騎士《ナイト》たらんとしてくれる。

体を張ったその行為に、蓮の胸はじわっと熱くなった。

やっぱり……鏑木は鏑木だ。記憶がなくても本質は変わらない。

「グォルルル……」

鏑木の敵愾心《てきがいしん》に反応して、黄色みを帯びた眼を炯々《けいけい》と光らせるブラックジャガーに、蓮は「エルバ、大丈夫だよ」と声をかけた。

「鏑木はいまちょっと……そう、記憶の病気なんだ。でも中身は変わっていないから」

あやすようにジャガーに語りかける蓮を、鏑木が振り返った。その目は驚きに見開かれている。

「どういうことだ？」

「ごめん、エルバのこと、説明してなかったよな。ジャングル生まれの俺の『弟』だ」

「ジャガーが弟？」

いよいよ以《もっ》てわけがわからないといった顔つきの鏑木に説明した。

「エルバが子供の頃、密猟者の罠《わな》にかかって怪我していたのを保護して……以来、俺たちは兄弟みたいに一緒に育ったんだ。俺がハヴィーナに移って少ししてホームシックにかかった時に、鏑木がジャングルからエルバを『パラチオ　デ　シウヴァ』に連れてきてくれた」

「俺が？」

鏑木が信じられないというように、今度は両目を細める。

「そう、鏑木が。――昨日、一足先にエルバをセスナで移動させておいたんだ。たぶん一晩じゅう古巣の森で遊び回って、いままで洞窟《どうくつ》で眠っていたんだと思う。だよな？」

蓮に問いかけられたエルバが、肯定の印に長い尻尾をぱたんと打ちつけた。

「きみの言葉がわかるのか？」

「わかるよ。俺もエルバの気持ちがわかる。俺たちに言葉は必要ない」

まだ驚きを引き摺りつつも警戒心を解いた様子の鏑木の側まで、エルバがゆっくりと歩み寄り、長い脚にすりっと体を擦りつける。

「撫でて欲しいって」

促された鏑木が屈み込み、躊躇《ためら》いがちに毛並みに手を伸ばした。背中を撫でられたエルバが、グルルと機嫌のいい唸《うな》り声《ごえ》を出す。もっとというように、ごろんと仰向けに寝転がった。

「……なんだかかわいいな。大きな猫みたいだ」

リクエストに応《こた》えて喉から腹にかけてを撫でてやりながら、鏑木が表情を緩める。

「入院していた間会えなかったから、甘えたいんだと思う。エルバは鏑木のことが大好きだから」

「俺たちは仲がよかったんだな」

「うん、とても」

「そうか。――こら、顔を舐《な》めるなよ」

絆《きずな》を取り戻した鏑木とエルバを見つめる蓮の顔に、自然と笑みが浮かぶ。やがて宣言するように言った。

「今日からこのメンバーで二週間を過ごすんだ」

その日の夕食の準備は蓮が担当した。まだ鏑木は右肩が万全ではなく、利き手が不自由だからだ。

献立は、干し肉と玉ねぎの炒《いた》め物《もの》、青パパイヤのサラダ、キャッサバ芋《いも》のフライ、アマゾンハーブを使った酸味のあるスープ『タカカー』。デザートが焼きバナナと珈琲《コーヒー》。

実のところ、蓮は料理を作った経験がほとんどない。子供の頃、育ての母の手伝いを少しした程度だ。それすら、芋の泥を落としたり、豆のサヤを剝いたりといった下準備が主な担当だった。母は料理を作るのが好きだったので、父や子供たちの出る幕はあまりなかったのだ。

ハヴィーナに移ってからも、屋敷には料理長を筆頭に何人もの料理人が雇われており、まるで出番はなかった。休暇でアマゾンに帰ったら帰ったで、料理は鏑木の担当だった。

そんなわけで腕にはまったく自信がなかったが、作り方は事前に調べて頭に入れてきた。

（まぁ、なんとかなるだろう）

「手伝おうか？」と言ってくれた鏑木の申し出を、「いいからエルバと遊んでいて。鏑木は今回はゲストなんだから」と断り、一人で炊事場に立つ。

そう、今回の休暇に限っては自分がホストなのだ。鏑木にはなるべくのんびりしてもらいたい。

心身共にリラックスして、バカンス中に失った記憶を取り戻してもらいたかった。

「始めるぞ」

声に出して自分を奮い立たせ、我ながら危なっかしい手つきでキャッサバ芋の皮を剝いた。皮を剝いた芋を、今度はフライ用の大きさに切る。インターネットのレシピには「なるべく均一に」と書いてあったのだが、固くてなかなか上手くいかない。

「固いな……くそ……っ」

力任せに断ち切ろうとした瞬間、刃が滑り、カットボードの上でキャッサバ芋が跳ねた。ジャンプした芋の欠片《かけら》が顔を直撃し、「うわっ」と大きな声が出る。

「どうした？」

炊事場に顔を出した鏑木が、蓮のすぐ後ろまでやってきた。

「なんでもない！　ちょっと手許が狂っただけ。大丈夫だからリビングに行っててよ」

焦って追い払ったが、鏑木はその場を動かない。じっと観察され、余計に緊張して手許が覚束なくなった。

「どうも危なっかしいな。貸してみろ」

キッチンナイフに手を伸ばされた蓮は、「駄目だよ。まだ怪我が治ってないだろ？」と抵抗する。

「これくらい問題ない。いいリハビリになるさ」

軽くあしらわれてキッチンナイフを取り上げられてしまった。「退《ど》け」と言われ、渋々と場所を譲る。

カットボードの前に立った鏑木が、手際よくキャッサバ芋を切り始めた。カットされた芋は、大きさと形が見事に揃っている。

「すごい！」

感嘆の声が漏れた。自分がさっき散々手こずったので、鏑木の腕の確かさが実感としてわかる。

「料理の腕前、変わってない」

「ナイフを持ったら自然と手が動いた。どこにどう力を入れればスムーズに使いこなせるのか、どうやら体が覚えているらしい」

「不思議だな」

「ああ、不思議だ。だがおかげで、ジャングルにいる間、食事に困ることはなさそうだな」

鏑木が肩を竦《すく》めた。

「今回のバカンスでは、のんびりとゲストでいてもらおうと思ってたのに」

「どっちがホストで、どっちがゲストだとか、役割分担を決める必要はないさ。俺たちは主従関係だったらしいが、いまは休暇中だし、ジャングルでは誰もが平等だ」

朗らかにそう言って、「だろ？」と蓮の顔を覗き込んでくる。

蓮は驚いた。自分が知っている鏑木なら、絶対に口にしない台詞だったからだ。

記憶がない鏑木は、無闇に主従関係や責任感に縛られることがない。その分、前より自由闊達な雰囲気があった。

包容力を保持したまま「従」の鎧《よろい》を脱ぎ捨てた鏑木は、なんだかすごく新鮮だった。

「……うん。そうだな。俺たちは平等だ」

噛み締めるように、蓮も繰り返す。

「俺も、鏑木も、エルバも」

「よし。ジャングルでのルールを共有《シェア》できたところで、一緒に作ろう」

鏑木が唇を横に引いた。灰褐色の瞳は生き生きと輝き、これから新しい遊びを始める子供みたいに楽しそうだ。

「きみは芋を揚げるのを担当してくれ。俺はタカカーと炒め物を作る。それでいいか？」

蓮も笑ってうなずく。

「了解」


それからは、料理をする時は必ず二人で炊事場に立ち、協力して作るようになった。

料理だけじゃない。食器を洗うのも、薪《まき》を割るのも、掃除も洗濯も、なにもかも二人で分担する。その分量もどちらかに偏ることなく、なるべくイーブンになるようにした。とはいえ実際は、仕事が早い鏑木の分担が多くなってしまったが。

毎日のスケジュールは気ままだ。その日起きてから、二人で朝食を食べながら何をするかを決める。

今日はジャングルで木の実を採ってジュースを作ろう。

川で水遊びをしよう。

砂州《プラヤ》でシュラスコをしよう。

ハンモックに寝転がって流れ星を見よう。

ハヴィーナでは分刻みの日程に縛られた生活を余儀なくされているから、行き当たりばったりの生活は、蓮にとってすごくエキサイティングだった。

ここでは、しなくてはならないタスクはない。自分たち以外に人間はいないから、人目も気にしなくていい。時計を見る必要もない。メールチェックもしなくていい。ハヴィーナで重大なトラブルが起こった場合のみ、留守を預かる秘書から報告が入ることになっており、そのための衛星電話は持って来ているが、いまのところ連絡はなかった。

目覚めた時が朝で、お腹《なか》が空いたら食事時で、眠くなったら夜だ。

エルバも首輪を外され、野生動物として自由に過ごしている。森に行ったきり帰ってこない日もあれば、一日じゅう蓮たちと行動を共にする日もあった。『森の王』として気の向くままに振る舞い、都会でのフラストレーションを存分に発散しているようだ。

二人と一頭の共同生活は、楽しいからこそ時間が経つのも早かった。

あっという間に五日が経過する。

この五日間で、鏑木はすっかりジャングルに適応した。もともと肉体的には適性があるせいか、馴染むのも早かった。右肩も、ほぼ完治といっていい状態にまでなった。

ただ、相変わらず記憶は戻らない。

これまで同様、ふっと思い出しそうになる時もあるらしいが、完全に記憶が戻るまでには至っていない。

鏑木自身は、焦っても仕方がないと達観しているようだ。

蓮も焦るのはやめた。圧倒的に大きい自然の中にいると、だんだん、なるようにしかならないという気分になってくる。

どうにもならないことを考えてくよくよするよりも、一緒にいられる貴重な時間を大事にしたい気持ちのほうが、日々強くなっていく。

だって、こんな機会はもう二度とないかもしれないのだ。

ここにいる鏑木は明るく、おおらかで、蓮に対しても対等の友人のように接してくる。

ジャングルでは誰もが平等だと言っていた、初日の言葉のとおりに。

推測するにたぶん、記憶を失ったことによって、長年「従」の鎧の中に押し込められていた剝き身の鏑木——彼が生来持っている本質が前面に出てきたのだろう。

目覚めた当初は自分が誰だかわからないショックが大きかっただろうし、戸惑いもあったのだと思うが、次第に状況に慣れて適応した結果、本来の明朗快活さを取り戻したのではないか。

シウヴァという重荷を背負う前、蓮と出会う前の鏑木はきっとこんな感じだったに違いない。

ジャングルが、持ち前の好奇心を刺激して、より活発に、意欲的にさせているのかもしれない。

そういった意味では、ここを療養先に選んだのは正解だった。

気がつくと笑っている。鏑木の笑顔を見ると、蓮も自然と笑みが零れる。

鏑木がオープンマインドなので、蓮も素直になれた。変な意地を張ることなく、頼ったり、甘えたりできる。

エルバを交えてじゃれ合ったり、冗談を言い合ったり、お互いの失敗を笑い飛ばしたり。

とにかく楽しかった。

記憶障害に対する懸念が消えたわけではなく、変わらず頭の片隅に居座ってはいるけれど、それを何倍も上回る喜びがある。

（……夢みたいだ）

記憶を失う前の鏑木に一線を引かれ、関係がギスギスしていたからなおさら、こんなふうに屈託なく接することができるのがうれしかった。

もう二度と、心から笑い合える日はこないと思っていたから。

うれしい気持ちと一緒に……鏑木を好きな気持ちが胸の奥から湧き出てくる。

触れ合う時間が増えるのに従って、想いが募っていく。

いけないと思いながらも……止まらない。

蓮は鏑木の一挙手一投足を目で追い、深みのある低音にうっとりと耳を傾けた。無防備な鏑木に触れてしまいそうになる自分を、懸命に律した。

事故以降は、余計なことに気を取られている場合じゃないというのもあって、無意識に恋情を抑えていた。心の奥底に封印していた。

なにより鏑木の記憶を取り戻すのが第一優先だったし、自分の使命だと思っていたから。

そもそもは、鏑木がこうなったのも、もとを辿れば自分が鏑木に恋心を抱いたせいだ。

だから、鏑木に「あのこと」は知らせていない。

二人の間に「秘密」があったことはわざと話していなかった。

出会いから事故までの八年間のあらましを語って聞かせた際も、そこは割愛した。

主従なのに、男同士なのに、肉体関係があったなんて……とてもじゃないが、鏑木は受け入れられないだろうと思ったからだ。そんなことを知らせても混乱するだけだ。

鏑木は知らなくていい。こうして友人として過ごせているだけで充分だ。

そう思っていたのに……。

ジャングルに来て五日目の夜のことだった。夕食後、蓮と鏑木は小屋の外で涼んでいた。前庭に並べて設置したデッキチェアに寝転がり、ホーローのカップを手に夜空を見上げる。

夜空には無数の星が饒舌《じょうぜつ》に瞬《また》き、まさしく天然のプラネタリウムだ。

「お、また流れ星だ。あんまり多くて数え切れないな」

隣のチェアの鏑木が声をあげた。カップから珈琲を一口すすって、蓮も賛同する。

「ほんと……星のシャワーみたいだ」

「ああ……夜のジャングルも格別だな。朝靄《あさもや》に覆われた森も神秘的だし、日中の樹冠から差し込む木漏れ日はステンドグラスのようだ。夕焼けの薄紅から紺へのグラデーションは神々しいほどだし、スコールのあとの濡れた緑の瑞々《みずみず》しさも絶品だ」

感じ入った声音でジャングルの美点を数え上げていた鏑木が、ふと黙り込む。リーリー、チリリッと虫の音だけが聞こえた。

響き渡る虫の合唱の中で、蓮は幸福に浸っていた。

頭上には満天の星、育ての両親が栽培した美味しい珈琲を片手に、足許にはエルバが横たわり、隣には大好きな……。

「蓮」

おもむろに鏑木が沈黙を破った。

「そういえば聞いていなかったが」

「なに？」

「きみ、恋人は？」

「……………っ」

口に含んでいた珈琲を、危うく噴き出しそうになった。あわててごくっと呑み込んでから、濡れた唇を手の甲で拭《ぬぐ》う。

「な、なに急に……っ」

上擦った声を出すと、鏑木が肉感的な唇の端をにっと引き上げた。

「いや、こういったロマンティックなシチュエーションは、本来なら彼女と一緒のほうがよかったんじゃないかと思ってな。男二人で星空を眺めるのは味気ないだろ？」

「…………」

特に深い意味があっての問いかけではなかったらしい。

(当たり前だ。……覚えていないんだから)

動揺している間にも、鏑木が言葉を継ぐ。

「もし恋人がいるなら、俺に二週間もつきあわせて彼女に悪いなと思ったんだ」

申し訳なさそうな声でそんなふうに謝られて、急に落ち着かない気分になった。

「……恋人はいない」

尻から背骨にかけてムズムズと居心地の悪さを感じながら、ぼそっとつぶやく。

「そうなのか？」

意外そうに、鏑木が片眉を持ち上げた。

「きみみたいなのは、女の子がキャーキャー言って放っておかないかと思ったが」

「キャーキャー騒がれてもうれしくない」

憮然とする蓮に、鏑木がふっと口許を緩める。

「なるほど、そういった年頃か……」

口調から大人の余裕を感じ取り、蓮はぴくっとこめかみを動かした。

ジャングルに来てからは苛立つことは皆無だったので、この感覚はひさしぶりだ。

ここしばらく、鏑木は蓮を対等に扱い、蓮もそのつもりでいた。

だからなのか、子供扱いされることに抵抗があった。

「まぁ、本気の恋はまだこれからだよな。きみの年齢なら、焦る必要はない」

宥めるような声が届いた瞬間、反射的に「好きな人はいる」と口に出していた。

（……しまった）

つい口にしてしまってから、急激に心臓が早鐘を打ち出す。

「ということはまだ告白前か」

興味を持ったらしい鏑木が上半身を起こし、蓮のほうを見た。口許に鷹揚《おうよう》な笑みを浮かべ、「大丈夫。きみなら必ず受け入れてもらえるよ」などと言う。受け入れてくれなかった当人から太鼓判を押された蓮は、なんとも複雑な気分になった。

「どんな子だ？　年下か？　年上か？」

さらに追及されて口籠《くちご》もる。

「別に隠すことないだろ？」

「……年上」

「……ほう」

ますます鏑木の好奇心を焚きつけてしまったらしい。完全に体を起こした鏑木が、九十度回転してデッキチェアの端に腰掛けた。蓮もつられて身を起こし、鏑木と向かい合う。地面に腹這いになっていたエルバがグルゥと唸《うな》った。

「きみは十八だったか。年上の女性に憧《あこが》れる年頃なのかもしれないな。俺は、そのあたりの記憶もないが……」

ランプに照らされた鏑木の顔が、深い陰影を刻んでいる。好きな人や恋人の有無すら覚えていない自分に思うところがあるのだろう。

「まったく覚えてないの？」

蓮の確認に「残念ながらな」と認める。

「ただ、結婚はしていなかったという話だったよな？」

「……うん」

嘘はついていない。ナオミとはまだ結婚はしていなかった。

「その点はよかった。そしてもしも恋人がいたのならば……忘れてしまって申し訳ないと思っている」

「もしいたとして……会いたい？」

「……覚えていないのだから……会わないほうがいいのかもしれない」

その回答に、ほっと安堵したのも束《つか》の間《ま》だった。

「いや……やっぱり会いたい」

「………っ」

息が止まりそうになる。

「愛していた人に会えば、なにか思い出せるかもしれないという期待はある」

会いたい。ナオミに会いたい。

鏑木の心の声が聞こえたような気がした。

鋭い痛みに胸が悲鳴をあげる。

（いやだ……！）

ジャングルでは、そんなことを言って欲しくなかった。

せめてここにいる間は、俺のものでいて欲しい。俺だけのものでいて欲しい。

目の前の男を、自分だけのものにしたい。

強烈な独占欲が湧き上がってくる。

抗い難い衝動に突き動かされた蓮は、唇を開いた。

「さっきの話だけど……あんただよ」

「なにがだ？」

ぴんときていない声音で訊き返される。

もう言うな。これ以上は言うなと、頭の中で警鐘が鳴っていた。

言ったら取り返しのつかないことになる。引き返せなくなる。

わかっている。

わかっていても、どうしても言ってしまいたかった。

「俺の……好きな相手」

一瞬瞠目《どうもく》した鏑木が、やがて「……ああ」と破顔する。

「その気持ちはうれしいし、とても有り難いが、そういう意味じゃない。俺が言っているのは異性として好きな相手だ。恋愛感情を抱いている相手という意味だ」

軽くいなされて、胸がズキズキと痛んだ。

端から相手にもされていない自分が惨《みじ》めで、哀れで、引くに引けない気分になる。

「だから……その恋愛感情であんたが好きなんだ」

「……蓮？」

鏑木が眉根を寄せた。

本気で意味がわからないといった戸惑いの表情を見つめているうちに、蓮の心に黒い欲望が生まれた。

はじめは豆粒ほどの小さな黒点だったものが、みるみる大きくなって、あっという間に胸全体を覆い尽くす。

――言えよ。

黒い欲望が蓮を唆《そそのか》した。

――言ってしまえ。

鏑木は訝《いぶか》しげな顔つきで蓮を見つめている。蓮の説明を待っている。喉がカラカラに渇いて、額の生え際が汗で濡れた。

――言え！

もう抗えない。観念した。

緊張で干上がった喉を開き、かすかに震える声で、蓮は告げた。

「俺たち……恋人同士だったんだ」

V

「俺たち……恋人同士だったんだ」

蓮《れん》の発言を、鏑木《かぶらぎ》はすぐには信じなかった。それも当然だ。

数秒固まったあとで、唇の強ばりを解くためか、鏑木が片頬を持ち上げる。そうやって無理に笑い顔を作った。

「なんの冗談だ？」

これを受けて、蓮には二つの選択肢があった。

「ごめん、嘘だよ、冗談だよ」

そう言って、なかったことにすることもできた。いまならまだ間に合う。

ジョークでこの場をなごやかに終了させれば、何事もなかったように楽しいジャングルでの共同生活を再開できる。

けれど蓮は、そうしなかった。

そうする代わりに立ち上がり、覆い被さるようにして鏑木の肩に両手を置いた。

蓮の意図が読めないのだろう。不思議そうな表情《かお》に、ゆっくり顔を近づけていく。

唇が触れ合った瞬間、鏑木がぴくっと身じろいだ。戸惑いのリアクションに構わず、唇をしばらく押しつけてから、ちゅっと吸う。上唇と下唇を交互に啄む。舌先でぺろぺろと舐《な》めた。

「………」

そうやって鏑木の唇を愛撫したのちに唇を離す。息がかかるほどの至近距離から、蓮は灰褐色の瞳をじっと見つめた。

「れ……ん」

驚きのあまりか、フリーズしていた鏑木が、喘《あえ》ぐように名を呼んだ。

「いまの……なんだ……」

「思い出した？」

被せるように尋ねる。

「こうやって何度もキスしたこと……覚えてない？」

視界に映り込んだ双眸《そうぼう》が、じわじわと見開かれていく。

限界まで見開かれると、今度は一転して細められた。

記憶の蓋《ふた》をこじ開けようと試みているらしき表情を、蓮は見つめ続ける。表面上は平静を装っていたが、背中にびっしりと玉の汗が浮き、鼓動がトクトクと煩《うるさ》いくらい鼓膜に鳴り響いていた。

こんな大きな賭に打って出るなんて、自分が信じられない。

好きな気持ちを告白するのは、時間の問題だった気がする。

幸福な時間が積み重なるのに比例して恋情も積み重なり、ちょっとしたきっかけで、いまにも堰《せき》を切って「好き」が溢れそうだったからだ。

だけど、恋人だったと嘘をついたのは弾みだ。勢い余っての弾み。

いや、本当に弾みなのか？

もしかしたら……この数日間、胸の奥底に潜んでいた欲求が、とっさに口をついて飛び出しただけかもしれない。

人間は欲張りだ。

鏑木と気兼ねなく、フレンドリーに過ごせるだけで充分幸せなはずだった。なのにそれが叶ったら、さらにもっと、もっとと、際限なく欲深くなる。

従者の鎧《よろい》を取り払った生身の鏑木に触れたら、さらにその奥が知りたくなる。

もっと深い部分にある熱い場所に触れたくなる。

抱き締めて欲しい。キスをしたい。抱き合いたい。

嘘をついてでも、騙《だま》してでも……鏑木が欲しい。

自分の中の切実でエゴイスティックな欲望を自覚した蓮は、鏑木を見つめる眼差しに熱を込めた。

(キスまでしてしまった以上、もうあとには引けない)

恋人だったのは嘘だけど、抱き合ってキスをしたのは本当のことだ。

鏑木の奥深くに眠る記憶が目覚めるのを期待して、「思い出した？」と繰り返した。

鏑木がくっと眉間《みけん》に皺《しわ》を寄せる。

「……そんな……馬鹿な」

掠《かす》れた声を漏らし、かぶりを振った。

「そんなわけがない」

打ち消す声が若干心許ないのは、自分とのキスに違和感がなかったせいじゃないのか。

かすかな希望に背中を押され、蓮は身を乗り出した。

「思い出したんだろ？」

ここぞとばかりに畳みかけると、鏑木が「思い出してはいない」と否定する。

「ただ……」

「ただ？」

困惑の面差しで、鏑木が白状した。

「きみの唇の感触を……知っているような気がして」

「鏑木！」

歓喜の声をあげて、蓮は目の前の男にぎゅっと抱きつく。だがすぐに両腕を摑まれ、引き剝がされた。

一定の距離を取った鏑木が、厳しい顔つきで見据えてくる。

「俺たちは男同士だ」

「だからなに？」

「普通、男は男を好きにならないものだ」

いつだったか――そうだ、蓮が初めて告白した時と、まったく同じ台詞《せりふ》を鏑木が口にした。

二度目なので、躊躇《ちゅうちょ》なく言い返すことができる。

「俺は鏑木だから好きなんだ。性別なんかどうでもいい。他の誰でもない、ヴィクトール・剛《ごう》・鏑木という人間が好きなんだ。すごく原始的でシンプルな感情だ」

迷いのない口調で言い切ると、鏑木の顔が歪んだ。瞳の奥に懊悩《おうのう》が透けて見える。

「それに……主従関係だったと……」

「そんなの関係ないよ！」

蓮は声を張った。

自分と鏑木の前に立ちはだかる一番のネックであり、最大の障害――主従関係。

いつだって、その壁の前に自分は跳ね返されてきた。体当たりしては弾き飛ばされてきた。

でも、今回ばかりはすごすごと引き返せない。そんな場合じゃない。これが最後のチャンスかもしれないのだ。

「鏑木も言ったじゃないか。俺たちは対等だって。少なくともジャングルにいる間は、どっちが上とか下とか関係ない。俺たちは同じ人間だ。愛し合う人間同士に上も下もない！」

熱く訴える蓮を険しい表情で見つめていた鏑木が、額に手を当てる。その手を上にスライドさせ、ぐしゃっと髪を掻き乱し、ふーっとため息を落とした。低くつぶやく。

「……少し時間をくれ」

気持ちの整理をする時間が欲しいという鏑木の要望を、蓮は受け入れた。

記憶のない鏑木にとっては、降って湧いたような展開だ。戸惑う心境もわかる。

男同士の恋愛関係をすぐには受け入れられないのもわかる。

鏑木が自分の中で考えを整理して、答えを出すまで待つつもりだったけれど、だからといって焦る気持ちがないわけではなかった。

二人きりで過ごせる休暇は、残り九日。

本心では、なるべく早く答えが欲しい。できることならば、自分を恋人として受け入れて欲しい。

でも、そうならない可能性が高いこともわかっていた。

もともとノーマルな鏑木に、いきなり、同性の自分をそういう対象として見ろと言っても難しいだろう。

少し時間をくれと言ったあと、小屋に引き揚げた鏑木は、「今日は疲れたからもう寝る。おやすみ」と蓮に告げ、早々に寝室に入ってしまった。

閉ざされたドアの前に、蓮は立ち尽くした。

嘘をついた罪悪感が足許からじわじわと這い上がってくる。

せっかくフレンドリーだった雰囲気をぶち壊しにした自覚もあった。

これ以降、鏑木の態度が硬化してしまうかもしれない。

記憶がなくなる前と同じように、二人の間に深い溝ができてしまうかもしれない。

わかっていたのに、同じ轍《てつ》を踏んだ。

頭では愚行だとわかっていても……どうしても我慢できなかったのだ。

自分は鏑木に、年下の友人として接して欲しいわけじゃないことを、この五日間で痛感した。

どんなに楽しくても、もうそれだけじゃ満足できない自分がいるのだ。

「グルゥウ……」

蓮の精神状態にシンクロしたエルバが、心配そうに脚に体を擦りつける。

「ごめん……大丈夫だよ」

弟分の頭を撫でて囁《ささや》きかけた。

エルバを引き連れて小屋を出ると、前庭のヤシの木にするするとよじ登り、ハンモックに体を横たえる。

エルバは根元に蹲《うずくま》った。

ジャングルの夜の物音を耳に目を閉じる。

夜鷹《よたか》の鳴き声、ヨザルの吠《ほ》え声《ごえ》、カエルや虫の合唱……。

いつもなら、フクロウのホーホーという鳴き声が子守歌となって眠りに引き込まれるのだが、その夜は胸がざわざわしてなかなか寝つけなかった。

ひさしぶりに触れた鏑木の唇、その感触を思い出しては何度も寝返りを打つ。

興奮のせいか、まるで眠くならないので、仕方なく明日からの鏑木の変化を予想した。

態度がぎこちなくなる。よそよそしくなる。最悪の場合は無視される。

悪い想像しか浮かばず、重いため息が零れる。

すべて自分の愚かな言動の報いなので、どんな仕打ちも受け入れるしかない。

(わかっているけど……)

二人きりなのに無視されたらかなりキツい。逃げ場がない。

ジャングルに来てから初めて、蓮はまんじりともせず夜明けを迎えた。それでも夜が明けてから少しだけ眠ったようだ。

ピチュピチュ……ロロロ……ピチピチ……ロロロ……。

早起きな鳥たちの鳴き声で、立ちこめる朝靄《あさもや》の中、ふっと目が覚める。

むくりと体を起こし、蓮は小屋の様子を窺《うかが》った。炊事場の電気がついている！

（もう起きているんだ）

あわててヤシの木から滑り下りた。下りてきた蓮を見てエルバも起き上がり、くあーっと大あくびをする。

「おはよう、エルバ」

挨拶もそこそこに蓮は走り出した。丸太の梯子《はしご》を駆け上がって小屋のドアを開ける。コンコンコンとなにかを刻む音が聞こえ、炊事場を覗くと、鏑木が朝食の準備をしていた。

（……鏑木）

その後ろ姿を見たとたん、昨夜の負の連想が蘇ってくる。

挨拶をして、冷たいリアクションが返ってきたらどうしよう。

急に声をかけるのが怖くなり、息を詰めて立ち尽くす。すると背後の気配に気がついたのか、鏑木が振り返った。

目と目が合って、蓮の肩がぴくっと揺れる。

刹那《せつな》、わずかに目を細めた鏑木が、「おはよう」と声をかけてきた。

「お……おはよう」

「外で寝たのか？」

「うん……ハンモックで」

「ちょうど朝食の準備ができたところだ。珈琲《コーヒー》を淹《い》れてくれるか？」

いつもと変わらない口振りに、内心でほっとしながら「うん」とうなずく。

ポン・デ・ケイジョとチョリソ、目玉焼き、アサイーのジュース、珈琲の朝食を終えたところで、鏑木が「さて」と切り出した。

「今日はなにをする？」

その問いかけで、今日も一緒に過ごしてくれるらしいとわかった。

どうやら最悪の事態は避けられたようだ。

安堵の感情が顔に出てしまわないよう気を引き締めつつ、蓮は「そうだな」と思案した。

「川で釣りをするのは？」

「いいな。そろそろ食料が心許なくなってきたところだ」

「じゃあ、そうしよう」

鏑木が乗り気だったので、早速釣りの準備をすることにした。釣《つ》り竿《ざお》は小屋に置いていなかったから、森の中で道具を調達するところから始める。

鏑木と森に入り、まずは釣り竿に適した棒木を拾った。

「これはどうだ？」

鏑木が長さ三メートルほどの棒木を見せてくる。

「悪くない。ちょうどいい長さだ。しなやかで強いエンピターニャの木は釣り竿に向いているんだ。よっぽど大きな魚がかからない限り、折れることはない」

それぞれ竿用の棒木を確保して、次は餌《えさ》の調達に取りかかった。

ヤシが群生している場所を探し、幹の周囲に落ちている黒い実を拾い集める。二人で協力して、三十個ほど集めることができた。

確保した実と棒木を小屋に持ち帰る。蓮は庭先の切り株の上に黒い実を置き、山刀でコンコンと叩いて割った。

「中からなにか出てきたぞ」

蓮の作業を見守っていた鏑木が「もぞもぞ動いてる」とつぶやく。

「スリって言って、蛾《が》の幼虫。これを餌にして森の中の小川で小型のフナを釣る。そのフナを刻んで釣《つ》り餌《え》にするんだ。そうすれば、大物が釣れる確率が上がる」

「……なるほど。餌の餌ってわけだ」

鏑木が感心したように、片手で顎《あご》をさすった。そんな声を出されると、ちょっと得意な気分になる。

「というわけで、まずはフナを釣らないと」

もう一度森に入り、小川でフナを数匹釣った。それを小屋に持ち帰り、炊事場で刻むと釣り餌が完成する。

いよいよ本格的な釣りだ。

竿を担ぎ、バケツを手に提げ、小さな船着き場まで歩いた。アマゾン川の支流のまた支流にあたる川だ。木造の桟橋から、モーター付きのカノアに乗り込む。

蓮が子供の頃は手こぎのカノアしかなかったが、いまはシウヴァが購入した四十馬力のカノアがある。

鏑木がモーターを操縦し、蓮が船の舳先《へさき》に立って先導した。

蛇行する川をしばらく進むと、とりわけ大きなカーブに差し掛かった。土地の者たちが『ポソ』と呼ぶ、深い淵になっている場所だ。

「あの大きな渦を巻いている辺りに魚が集まっているはずだ」

だがポソだからといって、いつも釣れるとは限らない。川の水温や水嵩《みずかさ》、濁りなどによって魚が居場所を変えるからだ。

蓮の指示に従って鏑木が渦の近くまでカノアを寄せ、エンジンを止める。

「好きな場所を選んでいいよ」

「じゃあ俺はここにする」

川の水はやや暗めのベージュ色で、水の中までは見渡せないが、勘で場所を決め、それぞれ腰を下ろした。

カノアから釣り糸を垂らして間もなく、川面《かわも》に魚影が浮かんで見える。しかも何匹も集まってきた。そのうちの一匹が餌に食いつき、引きがくる。

「かかった！」

叫び声と同時に、蓮は竿をぐいっと引き上げた。釣り針にかかっていたのは二十センチ大のナマズだ。

唐揚げにすると美味いので、子供の頃は大好物だった。

「おー、結構でかいな」

鏑木がカノアの床でビチビチと跳ね回るナマズを見下ろし、感嘆の声をあげる。蓮のアタリで発奮したらしく、「よし、俺も」と張り切って釣り糸を垂らした。

さほど時を置かずに、鏑木にもアタリがくる。

「来た来た！」

「うわ、でかい！」

蓮の釣ったナマズの倍近い大物だ。釣り糸の先で体をくねらせているナマズの背ビレは、ぴんと立っている。

「気をつけて。その尖《とが》ったヒレの先端に毒があるんだ。刺されると半日は痛むから」

「わかった」

言うなり鏑木が、危険な背ビレを山刀でバシッと切り落とした。

ここまで大物を釣り上げられると、負けられない気持ちになる。

結局、その後二人で競い合うようにして合計十五匹を釣り上げた。ナマズの他にピラニアもかかった。ピラニアは身が薄く骨が多いので、これも唐揚げにする。

「大漁だな。これで当分は魚に困らない」

鏑木がうれしそうにバケツの中を覗き込んだ。二個のバケツには、どちらもぎっしり魚が詰まっていた。

今日食べ切れない分は、燻製《くんせい》にすれば一週間は保《も》つだろう。

「うん。なかなかいいポソだった」

　蓮自身も気分よく、釣りを終えることができた。自分がリーダーシップを取って、一匹もかからなかったら面目が立たないところだった。

　それに、少なくとも釣りをしている間は、昨日までと変わらない雰囲気だった。鏑木も楽しそうだったし、自分も自然に振る舞えたと思う。

（……よかった）

　安堵の半面、昨夜の件をなかったことにされるのではないかという不安も過《よ》ぎった。

　それはそれで……いやだ。わがままだとわかっているけれど。

　複雑な想いを抱えてカノアで引き返し、船着き場に着いた。エンジンを止め、先に鏑木が桟橋《さんばし》に上がる。カノアに残った蓮が、鏑木にバケツや釣り竿を手渡した。カノアが空になったので、蓮も桟橋に上がろうとした時だった。

「ほら」

　鏑木が手を差し伸べてきた。一瞬の躊躇のあとで、大きな手を取る。力強く握り返され、そのままぐいっと引っ張られた。一息に引き上げられた蓮の体が、勢い余って鏑木にぶつかる。

「うわっ」

　足許のバランスを崩した蓮は、反射的に鏑木にしがみついた。

「あ………」

　シャツ越しにも硬い筋肉を感じ取った直後、かつてこの胸に抱き締められた記憶が蘇ってくる。

鏑木を体の奥深くに受け入れ、繋がった……記憶。

内側から灼《や》かれるほどの、灼熱。

束の間、あの時と同じ熱を帯びた体に身を預けていた蓮は、ややあってはっと我に返る。顔を上げた瞬間、鏑木と目が合った。

「ご、ごめん」

謝って体を離すと、鏑木が双眸を細める。細めた目でしばらく蓮の顔を見つめたのちに、すっと視線を逸らした。

「こっちこそ強く引っ張りすぎた」

「ううん……ありがとう。助かった」

蓮も俯《うつむ》き加減《かげん》に礼を言う。その後は三十秒ほど沈黙が続いた。

「……戻ろうか」

やがて鏑木が促し、ぎこちない空気を纏《まと》いつつ、肩を並べて小屋への道を辿る。

「…………」

鏑木がなにも話さないので、蓮も黙って歩いた。

さっきまでは昨日と変わらない雰囲気だったのに、いまは二人の間に気まずい空気が横たわっている。

並んで歩く鏑木を、蓮は目の端で窺った。

その横顔はどことなく物憂げで、心ここにあらずといった風情だ。物思いに沈んでいるかのような、遠い眼差し。

(どうしたんだろう)

「……昨晩」

ぼそっと低音が落ちた。

声が低すぎてはっきりと聞き取れなかった蓮は、「え？」と聞き返す。まっすぐ前方を見据えたまま、鏑木が言い直した。

「昨晩、眠ろうと思ってベッドに横になっていたら……まるでフラッシュバックみたいに……断片的な映像が蘇ってきたんだ」

「映像？　なんの？」

不意に鏑木が足を止め、半身を返して蓮と向き合う。少しの間、蓮の顔をじっと見下ろしてから、おもむろに口を開いた。

「俺たちは……その……」

言いづらそうに言い淀《よど》んだあと、思い切ったような面持ちで問いかけてくる。

「関係があったのか？」

核心に迫る問いに、心臓がドキッと跳ねた。

(もしかして、記憶が……戻ってきた？)

一種のショック療法よろしく、自分のキスが呼び水となって、抱き合った時の記憶が蘇ってきたのだろうか。

「関係って……肉体関係ってこと？」

掠れた声で確認する。

「……そうだ」

鏑木が認めるやいなや、蓮は「あったよ」と答えた。不自然なほど早いタイミングで駄目押しする。

「当然だろ。恋人同士だったんだから」

「……そうか」

肯定された鏑木が、やや呆然とした表情《かお》で「信じられないな」とつぶやいた。自分が男と寝たという事実にショックを受けているようだ。

「でも本当だよ。俺たちは気持ちも体も愛し合っていた」

蓮が言葉に力を込めると、鏑木は眉根をじわりと寄せる。

懊悩の表情から、揺れる心中が手に取るようにわかった。

アンモラルな関係を受け入れるべきか、否か……迷っているのだろう。

蓮は、瞬《まばた》きすら我慢して、鏑木を見つめた。見つめながら、心の中で念じる。

（……お願い……受け入れてくれ）

あとでどんな罰でも受けるから。

だから罰と引き替えに、恋人としての一週間を……どうか……神様。

「………」

鏑木がふっと息を吐く。

絡み合った視線を断ち切るように前を向き、蓮を促した。

「……行こう」


断片的にではあったが、鏑木の記憶は戻りつつあるように思える。

ただし、いまはまだ蓮と抱き合った際の記憶に限定されているようだ。

おそらく、自分の「恋人だった」発言とキスが誘因になっているのではないか。

釣りから戻ってからの鏑木は、魚を捌《さば》いている間もどこか上の空で、なにごとかに囚われているふうだった。時折作業の手を止め、ぼんやり物思いにふけるような様子を見せていた。

蓮はそんな鏑木に気がついていたが、あえてなにも言わなかった。

戻ってきた記憶について追及することもしなかった。

嘘をついてしまった罪悪感が、時が経つにつれてじわじわと大きくなってきたからだ。

いや、完全に嘘というわけでもない。

たった一度でも、肉体関係があったのは真実だ。

嘘と本当が入り交じっているからこそ、鏑木も断片的に蘇ってきた記憶に惑わされ、そんなはずがないと言い切ることができなくなっているのだろう。

でも、たとえ過去の肉体関係が事実であったとしても、その関係を引き続き受け入れるかどうかは、また別の問題だ。

鏑木が思い悩んでいるのは、まさにその点に違いない。

鏑木の記憶がないのをいいことに、都合よく過去を脚色してみせても、自分にできるのはせいぜいがそこまで。

自分には催眠術の心得もないし、仮にあったとしても鏑木は洗脳されやすいタイプではない。

ここから先は、鏑木の気持ち次第だ。

過去は過去として、新たに自分と「そう」なる気持ちがあるのか。

いまここにいる鏑木が、自分を好きになるかどうかはわからない。いまだって嫌いではないとは思うけれど、自分の好きとは明らかに違う。

ノーマルな鏑木にとって、男同士のハードルを越えるのは容易なことじゃない。ましてや主従のハードルも後ろに控えている。

過去にあったただ一度のセックスだって、蓮が必死に懇願して抱いてもらったのだ。

一度でいいから、それで諦《あきら》めるからと泣きついて抱いてもらった。

それを思うと、交換条件を満たしてもらったにもかかわらず、まだ諦められないおのれの未練がましさに、自己嫌悪が込み上げてくる。

それどころか、鏑木の記憶障害を利用して過去を改ざんし……あわよくば偽りの恋人関係に持ち込もうとさえしている。

どれだけ諦めが悪く、エゴイスティックなのか。自分の醜さに吐き気がする。

だけど、蓮がここまでなりふり構わず執着するのは、鏑木だけだ。

世間では、自分はなんでも持っていると考えられている。地位も名誉も財産も掌中《しょうちゅう》に収めた、ピラミッドの頂点に君臨する人間だと。

事実、シウヴァの力を使えば、この世の大概のものは手に入るだろう。

けれど一番欲しいものが自分のものにならないなら、意味はない。

(権力に意味なんかない)

鏑木が手に入るなら……他にはなにもいらないのに。

「……ふぅ」

覚えずため息が零れる。一人で外に出てから、もう何度目のため息か、回数もわからなくなっていた。

気がつくと、口から零れ落ちている……。

鏑木が悩んでいるのが伝わってくるから、罪悪感で胸が締めつけられる。かといって、いまさら嘘だったとも言えない。そのタイミングは完全に逸してしまっていた。

「……くそ……沁《し》みる」

庭の隅で鏑木がぶつ切りにした魚を燻製《くんせい》にしていた蓮は、煙で痛む目を擦った。こうして燻《いぶ》した魚は保存食となって、数日後の自分たちの腹を満たす。

トングで網の上の魚を裏返しながら、蓮は炊事場の窓を見上げた。窓には鏑木のシルエットが映っている。昼の支度をしているのだ。

(とにかく)

自分としては、言いたいことは言ったし、精一杯気持ちを伝えた。

あとは鏑木次第だ。

どういった結論を出すのか……あるいは出さずに休暇を終えるのか。

どんなにもどかしくても、待つしかなかった。


その日は結局、蘇った記憶については、鏑木からそれ以上語られることなく終わった。なんとなくだが、釣りから帰ってきてから、距離を置かれているように感じる。

具体的には、桟橋で引き上げられた時に抱きつく格好になって以降だ。

それまでは親密で自然なボディタッチがあったのに……。

鏑木の口数が心持ち少なくなったように感じ、蓮は密かに落ち込んだ。

大人の鏑木は、露骨に避けたりはしないし、話しかければちゃんと答えてくれる。

(でも、なんだか……前と違う)

どことなく盛り上がらない空気は、夕食後の団欒《だんらん》の場でも続き——。

「そろそろ俺は寝る」

ソファから立ち上がった鏑木に、蓮の顔は強ばった。

(え？　もう？)

焦燥が顔に出てしまっていたと思うが、鏑木はそれに関してはなんの反応も見せずに、「おやすみ」とだけ言って寝室に入った。

昨日に引き続き、鏑木が早めに引き揚げてしまったあと、蓮はちらちらと寝室のドアを窺いながら、エルバとリビングで過ごした。一時間ほど待ってみたが、ふたたびドアが開く気配もないので、諦めて外に出る。

ハンモックに向かってとぼとぼと歩いた。エルバが後ろをひたひたと追ってくる。

（絶対……避けられているよな）

じっくりと考えるために、一人になりたい気持ちもわかるけれど。

鏑木が答《こた》えを出すのを待つつもりだった。だけどやっぱり、いつまで続くのかわからないヘビの生殺し状態は応える。

このまま……残りの時間もずっとこんな感じなのか？

挙げ句に、なにもなかったことにされたり？

マイナスの想像ばかりが浮かび、心臓のあたりがひんやりと冷たくなる。

「エルバ、おやすみ」

「グルゥウウ」

エルバにおやすみを言ってからヤシの木によじ登った。例によって、エルバは根元に蹲《うずくま》る。

ハンモックに横たわった蓮は、昨日から今日にかけての自分の言動を反芻《はんすう》して悶々《もんもん》とした。

すべては自分のせい。

嘘つきで強欲な自分が悪いのはわかっている。

欲をかいてせっかく上手くいっていた休暇を台無しにした。

でもきっと、何度やり直せるとしても同じことをしたに違いない。

鏑木を欲しい気持ちが自分の中からなくならない限り、同じ過ちを繰り返す。

そして、そんな日は絶対にこないから……。

(永遠に繰り返すんだ。運命の輪から抜け出せない)

ハンモックの中で、可能な限り体を丸めた。両手で自分の体を抱き締める。

一度、好きな相手の肌に包まれるあたたかさを知ってしまったら、そうでない状態に寂しさを感じるようになってしまう。独り寝の侘《わ》びしさが身に染《し》みる。

それでも……知らないよりは全然よかった。

そう自分を慰めて目を閉じる。

夜のジャングルも、いまの蓮を慰めてはくれない。

今夜も眠れそうになかった。


「雲行きが怪しくなってきたな」

樹冠の隙間から覗く空を見上げて、鏑木がひとりごちた。

今日は午後から、鏑木と蓮とエルバで、野生のキャッサバ芋《いも》を掘りに森に入っていた。ついさっきまでは明るい陽射しが煌《きら》めいていたのに、いつの間にかすっかり日が翳《かげ》っている。

上空が曇ったせいで、森の中は薄暮時のように暗くなっていた。

不穏な空気を感じ取ったらしい森の鳥や動物たちが、チチッ、キーキーと騒ぎ出す。急に風が強くなり、ヤシの葉がざわざわと音を立てて揺れた。

エルバも耳をピクピクさせている。

「雨の匂いがする」

くんっと鼻を蠢《うごめ》かして風の匂いを嗅《か》ぎ、蓮はつぶやいた。

「スコールがくる」

鏑木が眉をひそめた。

「雨具を持ってこなかった」

「雨具なんて役に立たないよ。切り上げて小屋に戻ったほうがよさそうだ。急ごう！」

蓮の号令で、一行は小屋へと続く獣道を走り出す。先頭がエルバ、蓮、鏑木の順だ。

できるだけ急いだのだが、小屋まであと少しというところでピカッと稲妻が光った。

空気がびりびりと震えた直後、ドーン、バリバリバリッと雷鳴が轟《とどろ》く。地面が震えたから、どこかに雷が落ちたのだろう。

それを合図に、ザーッと強い雨が降ってきた。降るというより、地面に叩きつけるといったほうがしっくりくる激しさだ。実際、体に当たると痛い。足許もぬかるみ、泥水が川のごとく流れ始める。

森の奥ならば鬱蒼《うっそう》と生い茂る葉が屋根の代わりをしてくれるが、小屋の近くは高木が少なく、遮るものがなかった。もろに雨が打ちつけてきて、あっという間に下着までびしょ濡れになる。

かなり先を行くエルバが足を止めて後ろを振り返ったので、蓮は雨の音に負けじと大声を出した。

「エルバ！　先に行け！」

GO！　というふうに腕を振る。エルバが走り出した。そのあとを、蓮と鏑木も追う。

バチバチと雨が顔に当たった。こんなにすごいスコールはひさしぶりだ。髪から雨が流れ落ちてきて、目を開けていられない。

「蓮！」

鏑木が蓮の腕を摑んで引っ張ってくれた。二人でバシャバシャと泥水を撥《は》ね上《あ》げながら、なんとか小屋に辿り着く。

丸太の梯子を上がると、軒《のき》の下でずぶ濡れのエルバが待っていた。ドアを開けて中に入る。

「酷い目に遭ったな……ブーツの中まで水浸しだ」

鏑木がワークブーツを脱ぎ、逆さにして振る。ザーッと水が落ちてきた。蓮もブーツを脱いで裸足《はだし》になる。エルバはブルルルッと身震いして水気を飛ばしたあとで手脚を舐め、毛繕いを始めた。

「部屋の中がびしょ濡れになる。ここで服を脱ごう」

そう言って、鏑木がシャツとワークパンツを脱ぐ。下着一枚になった男から、蓮はあわてて目を逸らした。

すぐに目を逸らしはしたが、一瞬の残像は脳裏に焼きついている。

鏑木の裸……初めて見た。正確には子供の頃に海やプールで見たことがあったかもしれないが、はっきり覚えていない。抱き合った時も鏑木は着衣のままだったし……。

広い肩と、その肩からなめらかな隆起を描く逞《たくま》しい腕。厚みのある胸とシャープに割れた腹筋。引き締まった臀部《でんぶ》。長い手脚。

服の上から、その肉体を想像したことはあったけれど、実物は想像以上だった。

あの体に抱かれたんだと意識したとたん、急激に心臓がドッドッと走り始める。

(馬鹿。落ち着け。変に思われる……)

髪や衣類からぽたぽたと雫《しずく》を垂らして立ち尽くす蓮に気がつき、鏑木が声をかけてきた。

「蓮、早く脱げよ。風邪をひくぞ」

「あ……うん」

濡れたシャツのボタンを、わざと時間をかけて外す。変に意識してしまったせいか、鏑木の前で裸になるのが恥ずかしかった。

鏑木のほうは、蓮のことをそんなふうな目で見たりしないとわかっているけれど。

「タオルを取ってくる」

そう言って鏑木が奥に消えたので、ほっとしてシャツとワークパンツを脱いだ。迷ったが、濡れて気持ち悪かったので下着も取る。

「脱いだか？」

戻って来た鏑木の後ろからの問いかけにうなずき、のろのろと向き直る。鏑木はバスローブを羽織り、バスタオルを手にしていた。蓮のほうは、股間を手で隠しているものの全裸だ。

裸の蓮と向かい合った鏑木の目が、刹那見開かれ、そののち細められた。細めた双眸で食い入るように見つめられて、居心地の悪さを感じる。

灰褐色の瞳が、心なしか仄暗《ほのぐら》い熱を湛《たた》えているように見えて……。

絡みつくような熱っぽい視線が、濡れた顔から首筋へと下がり、さらに胸、腹部、下半身へと移動する。熱を帯びた眼差しにじりじりと炙《あぶ》られて、冷え切っていたはずの蓮の体が火照り始めた。

この目を知っている。

かつて幾度か、この目をした鏑木を見た。

自分に対して、欲情を覚えた時の鏑木……。

そう思い当たった瞬間、心臓がトクンと高鳴る。一度跳ねた鼓動は、二度とは落ち着かなくなった。

「…………」

鏑木はなにも言わずに、こちらを見つめ続けている。

密林の中にいるかのような湿気を含んだ重たい空気が横たわり、息苦しさを覚えた蓮は、こくっと喉を鳴らした。

するとそれに反応してか、鏑木が肩を揺らす。

ゆっくりと瞬きをしてから、蓮のほうに近づいてきた。距離が縮まるにつれ、トクッ、トクッと鼓動が跳ねる。

ついにすぐ目の前まで来た。ドキドキしすぎて心拍数がいまにも振り切れそうだ。もうこれ以上は心臓が保たないというところまで高鳴った時、鏑木が手に持っていたバスタオルを広げ、蓮の頭にぱさりとかける。黙ってタオルの上からごしごしと髪を拭《ふ》き始《はじ》めた。

（……違った）

マックスまで高まっていた期待感が一気に萎《しぼ》み、虚脱と失望が同時に襲ってくる。鏑木に気がつかれないよう、蓮は嘆息を嚙み殺した。

髪の水気を拭き取った鏑木が、今度はバスタオルを蓮の肩にかけてくる。裸体が覆い隠された。期待していたものとは違ったけれど、髪を拭いてくれた礼を言うべきだ。そう思って口を開く。

「……ありが……」

感謝の言葉が途切れる。

鏑木にバスタオルごと抱き寄せられたからだ。そのままぎゅっと抱き締められる。

「かぶら……ぎ？」

突然の抱擁《ほうよう》に上擦った声が零れた。一体なにが起こったのか、とっさに理解できない。

「……すまなかった」

鏑木が耳許に囁いた。

「……なに？」

なんで謝られるのかもわからない。

「この数日、俺がはっきり答えを出さなかったから不安だっただろう。ただでさえ俺の記憶障害できみには強いストレスがかかっているのに」

　申し訳なさそうな声を出して、鏑木が抱擁を解く。至近から蓮の顔を覗き込んできた。

「正直言って、この数日はとても混乱して……迷ってもいた。きみと恋人同士だったと言われても、にわかには信じられなかったし、安直に受け入れていい問題でもない。一人でよく考えて、頭を整理する必要があると思ったんだ。だから時間が欲しいと言った」

（つまり……答えが……出たのか？）

　蓮の顔からその問いを読み取ったのか、鏑木が「答えは出た」と言う。

　ドクッとひときわ大きく鼓動が脈打った。

「完全に記憶が戻ったわけではないが、もう迷いはない。たったいま自分の気持ちを確信した」

「確……信？」

　蓮のつぶやきにうなずいた鏑木が、真剣な顔つきで重々しく告げる。

「きみを愛していた自分を思い出した」

　息が止まりそうになった。

　愛していた？

　それは……違う。そうじゃない。そうじゃないんだ。

　こうなることを望んでいたのに、いざそうなると罪悪感が込み上げてくる。

　いまなら間に合う。まだ間に合う。

　ごめん、嘘なんだ。恋人同士なんかじゃなかった。

否定しなければならないのに声が出ない。

俺たちはただの主従関係で……おまえには許婚が……。

真実を伝えなければならないのに、見えない手で首を絞められたみたいに、喉がきゅっと締まって声が出ない。

唇をわななかせて固まっていると、鏑木が切なそうに目を細める。

「寂しい思いをさせたな。でももう大丈夫だ」

安心させるように、やさしく微笑みかけてきた。

「俺は自分を取り戻した。きみを愛している自分を取り戻したんだ」

「ち……が」

首を振ろうとして、ふたたびぎゅっと抱き締められる。

「………っ」

喉から手が出るほど欲しかったぬくもり。夢にまで見た熱い抱擁。

渇望していたものを与えられて、手足の指の先までびりびりと痺れた。

包み込んでくる鏑木の体の熱に、罪の意識がとろとろと溶け出し、体内から押し流されていくのを感じる。

いけないことだとわかっている。わかってはいるけれど……。

(俺は――)

「……蓮」

耳許で名前を呼ばれて、ぴくっと震えた。

「……愛している」

これは偽りの言葉だ。鏑木の本心じゃない。

わかっているのに、抗い難いほどの大きな歓喜が押し寄せて来て、あっという間に呑み込まれる。このままでは溺れる……。

(溺れてしまう!)

どこかで誰かが叫んでいる。良心の声だ。悲鳴だ。

だけど、愛する男の抱擁を振り解けるほど、自分は強くない。

良心の悲鳴をシャットアウトするために心の耳を塞いだ蓮は、広い背中に両腕を回し、偽りの恋人を強く抱き締め返した。

VI

蓮《れん》をきつく抱き締めていた鏑木《かぶらぎ》が、ふっと腕の力を緩めた。隙間なく密着していた体を少しだけ離して見つめ合う。

灰褐色の瞳に自分が映り込んでいるのを、蓮は認めた。

うっすら目許を上気させ、瞳を潤ませた——歓喜と興奮が入り交じった表情。

そんな自分に後ろめたさを覚えて、きゅっと目を閉じる。

(罰はあとで受けるから)

でもいまは……いまだけは、鏑木を謀《たばか》ってまで摑み取った幸運に浸りたかった。

鏑木の顔が近づいてくる気配がする。吐息が唇に触れた次の瞬間、しっとりとあたたかい感触に包み込まれた。

鏑木からのキスに、胸がジン……と痺れる。

自分からするのとは全然違う。

二度とはないと諦《あきら》めていたからなおのこと、胸の奥がビリビリ震える。

胸の中心部から端を発した歓喜の震えが、さざ波のように全身に広がっていくのを感じる。

鏑木が蓮の上唇を啄み、次に下唇を吸った。唇でやさしく愛撫されて、自然と口が開く。

お互いに口を開けた状態で、唇と唇をぴったりと隙間なく合わせた。

すぐに口腔《こうこう》に厚みのある舌が滑り込んでくる。

（……舌）

以前は、どう迎え入れていいかわからずに縮こまってしまっていたものだが、何回かの大人のキスを経て、蓮も経験値を多少は積んでいる。おずおずと、みずからも舌を絡ませた。

絡まり合う舌と舌が、くちゅくちゅと湿った音を響かせる。

はじめは探るように慎重だった鏑木の舌が、だんだん大胆になってきて、その獰猛《どうもう》な動きに置いていかれないよう、懸命に応《こた》えなければならなかった。

ねっとりと緩急をつけてねぶられて、舌が溶けそうになる。

蓮の舌をとろとろに蕩《とろ》かしたあと、鏑木は上顎《うわあご》、歯列の裏、舌の付け根まで熱心に探求して回った。まるで蓮の口の中で、自分の知らない場所があるのは許せないとでもいうように。

くちづけが深まるにつれ、蓮の両腕を摑んでいる鏑木の手にも力が入っていく。摑まれている場所がじりじりと痺れた。

「……う……ふ……んっ」

荒々しく掻き回されると、濡れた音が鼓膜に響き、その音にも煽《あお》られる。瞳が濡れて、眦《まなじり》が熱を持つ。

息が苦しい。ずっと開けっ放しのせいか、顎も怠《だる》くなってきた。

「……っ……ふ」

鼻から息が漏れ、溢れた唾液が唇の端から滴る。滴った唾液が顎を伝い、首筋まで濡らした。

喉から食道にかけてが熱い。

舌伝いに、鏑木から熱の塊《かたまり》を送り込まれたみたいだ。

灼熱がゆっくりと食道を下がっていくのを感じる。胸、胃、腹、さらに下へ……。

（……あ）

熱の塊が下腹部にすとんと落ちたのと同時だった。ボッと点火して、自分がエレクトしたのを自覚する。

口の中を愛撫されることで、勃起するなんて不思議だけど、現実だ。

そうして一度火がついてしまえば、もはや秒速で高まっていく自分をセーブできなかった。

熱さだけにとどまらず、下腹部がズキズキと疼《うず》く。下半身の疼きを持て余した蓮は、剝き出しの下腹部を鏑木に押しつけ、太股に擦りつけた。無意識の所作だった。

密着した鏑木がぴくりと身じろぐ。

ほどなく、唾液の糸を引いて口接が解かれた。

「……はぁ……はぁ」

酸素を求めて胸を喘《あえ》がせていると、くっついていた体を離される。

鏑木がつと視線を落とし、つられて蓮も下を向いた。

「………っ」

全身をすっぽりと包み込んでいるバスタオルの裾から、性器が覗いている。半勃起《はんぼっき》のそれが、物欲しげにゆらゆらと揺れていた。

（うわっ）

顔が火を噴く。焦って恥ずかしいソレを手で隠そうとしたが、あわてたせいでバスタオルがばさっと足許に落ちてしまった。

「あっ……」

意図せず一糸まとわぬ全裸となってしまい、いよいよ焦る。バスタオルを拾おうと、屈《かが》みかけた途中で二の腕を摑まれた。ぐいっと引き上げられ、ふたたび鏑木と向き合わされる。

蓮を見つめる灰褐色の瞳は、普段とは異なる昏《くら》い熱を孕《はら》んでいた。

「隠すな」

低音が命じる。

「でっ……でも」

「ちゃんと見せろ」

「やだっ……」

抗ったが、腕を摑まれているので逃げられない。身を捩《よじ》ることすら叶わず、恥ずかしい状態をつぶさに見られてしまった。薄いアンダーヘアと、そこから勃《た》ち上《あ》がっている淫らな欲望の形をしっかりと見定められる。

キスだけで昂《たかぶ》ってしまった自分を鏑木に知られるのは死ぬほど恥ずかしく、蓮はわななく唇から懇願を漏らした。

「やめ……見るな。……見ないで」

けれど懇願はあっさりスルーされ、執拗《しつよう》な視線は股間から離れない。鏑木のねっとりまとわりつくような凝視に反応したペニスが、ぴくぴくと震えた。

鎮まれと念じたのに、持ち主の言うことをきくどころか、みるみる角度がついてくる。

あっという間に完勃起し、あまつさえ先端から透明な体液が溢れてきた。朝露のような先走りが、雫《しずく》となってぽたっと床板に落ちる。

(最悪……)

あまりの節操のなさに、全身が羞恥《しゅうち》の炎に包まれた。

指一本触れられていないのに……。

これでは欲求不満だとみずから公言しているようなものだ。

「見られただけでこんなに……」

羞恥に俯《うつむ》き、唇を噛み締めていた蓮は、ひとりごちるようなつぶやきに顔を振り上げる。

鏑木と目が合った瞬間、不安が込み上げてきた。

呆れられてしまっただろうか。

「だ……だって」

なんとか言い訳をしようと口をぱくぱく開閉させていると、鏑木がふっと口許を緩める。

「責めているわけじゃない。……こんなに感じてかわいいと言ってるんだ」

初めて見るような色悪な表情で囁《ささや》かれ、首筋がぞくっと粟立った。

(かわいい……とか)

今度は言葉に反応して、先走りがつぷりと盛り上がる。

「……ッ」

もう本気で死にたかった。どれだけ餓《かつ》えていたのかといまさらに思い知らされる。

実のところ、ここしばらくはそれどころじゃなくて、自慰もしていなかったけれど。

「さすがに若いな」

感嘆めいた声を出した鏑木が、直後に「……いや」と顔をしかめた。

「俺のせいだな。俺が記憶を失って……抱いてやれなかったから」

「……かぶら……」

「だからこんなに欲しがって……」

切なげに目を細めて蓮の股間に手を伸ばし、勃起に触れる。

軽く握られ、ぶるっと身震いした蓮を、鏑木が間近から熱く見つめた。

「蓮、もう二度と……きみを忘れたりしない」

真摯《しんし》な声音で誓って、蓮の首筋にそっとくちづけてきた。首筋から鎖骨に唇が移動する。さらに胸、腹と短いキスで隙間なく肌を埋めながら、床に膝をつく。膝立ちの体勢で蓮を見上げた。

「寂しい思いをさせた分……穴埋めさせてくれ」

言うなり股間に顔を寄せる。先端にちゅっとキスをしてから口を開き、躊躇《ためら》うことなく欲望を咥《くわ》えた。

腰に片手を添えて蓮の体を固定し、もう片方の手でペニスの根元を支え、奥行きのある口腔にゆっくりと含んでいく。

「……ぁ……」

熱く濡れた粘膜にじわじわと包み込まれて、喉の奥から吐息が押し出された。

鏑木にフェラチオされるのは二度目だ。

初めての時、あまりの気持ちよさに陶然としたのを覚えている。

その時の快感を覚えているペニスが期待にいっそう膨らんで、口の中でふるっとおののいた。

鏑木が、親指と人差し指で作った輪で根元を絞りつつ、窄《すぼ》めた唇で軸を扱《しご》く。期待を裏切らない気持ちよさに、背筋を甘い戦慄《せんりつ》が走り抜けた。

「ふ、あ……あ」

根元と軸とで、二種類の微妙に異なる圧をかけられ、内股が痙攣《けいれん》する。それと同時に敏感な裏筋を舌先で辿られて、腰がビクビクと震えた。

「……う……く」

鏑木は明らかに、初めてだった前回より上手くなっているように感じた。頭の回転の速さと勘どころのよさが、こういったものにも活《い》かされるのだろう。

などと冷静な分析ができていたのもそこまで。

そこから先は、秒速で高まっていく官能に思考が蕩け、まともな考察などどこかへ飛んで行ってしまった。

ざらつく舌で亀頭を舐め回され、鈴口の切れ込みを舌先で抉《えぐ》られ、薄い皮を甘噛みされて――それぞれ種類の違う刺激に背中がたわむ。

「アッ……アッ」

悲鳴じみた嬌声《きょうせい》とユニゾンで、下腹部から、ぬぷっ、じゅぷっという水音が響いてきた。

頑丈な顎を絶えず動かし、ブロウジョブに没頭する男の口の端からは唾液が滴り、バスローブの胸元を濡らしている。

秀でた額と、まっすぐで男性的な鼻筋、伏せた目を縁取るまつげ。

いつもとは逆に、上から見下ろす鏑木は、よく知っている男のようで……別人のようでもあった。

反応を窺《うかが》うためか、鏑木が上目遣いに見上げてくる。

その目が、まるで濡れているかのように黒々と光って見えてゾクゾクした。

蓮が大好きな……欲情した雄《オス》の貌《かお》。

従者の仮面を取り払った——剝き身の男の顔。

昏い熱が宿る灰褐色の瞳をうっとり見下ろしていると、ウェストを摑んでいた鏑木の手が、すっと後ろに回り込んだ。尻たぶの合わせ目に指を這わせてくる。一番奥の孔《あな》を指先でつつかれて、びくんっと腰が跳ねた。

「んっ……」

つぷりと指が差し込まれる。異物が体内に入ってくる違和感に、蓮は眉をひそめた。入り口近くの浅い場所で蠢《うごめ》いていた指が、お目当てのものを探り当てたみたいに止まる。

「あァ……ッ」

そこを指の腹でクイッと押し上げるように圧迫された瞬間、背筋をビリリッと電流が走り抜けた。鏑木の口の中で欲望がバウンドする。

「……そこ……っ」

たぶん前に鏑木が前立腺だと教えてくれた場所だ。そこを弄《いじ》られると全身の産毛が総毛立ち、腰がうずうずと揺れて……。

たまらなく感じる場所を爪でカリッと引っ掻かれ、強烈な刺激に「はぅっ」と仰《の》け反《ぞ》る。

「はっ……あっ……ぁう」

口の愛撫と平行して前立腺を揺り動かされた蓮は、身の内から湧き上がる二種類の快感に身悶《みもだ》えた。膝がガクガクと震え、鏑木の髪を無意識に鷲掴《わしづか》みにする。

「あっ……も、……も、ぅ」

沸騰したマグマが下腹部で膨らみ、どろどろと渦巻き、出口を求めて暴れ回った。突き上げるような疼きに抗う術もなく、上体をさらに反らす。

「いく、……イク……ぅっ」

自分ではコントロールできない大きなうねりに呑み込まれた一瞬後、蓮はドクンッと弾けた。

「……っ……」

イッたあと数秒は、頭が真っ白に塗り潰され、なにも考えられなかった。

「……はっ……はっ」

浅い呼吸を繰り返しながら、少しずつ現実感が戻ってきて、じわじわと目を開く。

涙の膜でぼやけた視界に、黒髪の頭頂部が映り込んだ。蓮のペニスを口から離した鏑木の喉が、ごくっと大きく上下する。

その様子を気怠くぼんやりと見下ろしていた蓮は、ややあってはっと両目を見開いた。喉の上下がなにを示しているのかに気がついたからだ。

「飲んだ!?」

黙ってうなずいた鏑木が、かすかに眉をひそめて口許を手の甲で拭う。

(……飲んだ……精液を……飲んだ)

それでもまだ実感が湧かず、顔を引《ひ》き攣《つ》らせてフリーズしている間に鏑木が立ち上がった。

「だ、……大丈夫?」

自分の前に立った男に上擦った声で確かめる。

「まずかっただろ?」

「そうだな」

鏑木が素直に認めた。

「お世辞にも飲みやすいとは言えない。他の男だったら死んでも願い下げだが……」

軽く肩を竦《すく》めてから、蓮の頭にぽんと手を置く。

「愛するきみの体の一部だと思えば我慢できる」

そう言って、蓮の目を覗き込むようにして笑った。

「………」

慈しむような眼差しと真摯な言葉に、胸の半分が甘く疼き、残りの半分がひりひりと痛んだ。

鏑木は自分を愛していると思い込んでいる。そう思い込むように自分が暗示をかけた。

だからこんなふうに言ってくれる。口淫したうえに精液まで飲んで……。

「……蓮——蓮」

「………」

「蓮！」

何度目かの呼びかけで、蓮は我に返った。

「え？　あ……なに？」

「どうした？　眠くなったのか？」

あわてて首を横に振る。

「そんなことない……」

「まさかもう満足したとは言わないよな？　そう言われると、俺としてはかなり途方に暮れるんだが」

片方の眉を持ち上げた鏑木が、困ったような声を出して蓮の手を掴み、みずからの下腹部に引き寄せる。

鏑木の欲望に手の先が触れて、蓮は息を呑んだ。

（……熱い）

バスローブの生地越しにもはっきりと昂りがわかる。

フェラチオをしながら、鏑木自身も興奮していたのだとわかり、じわっと歓喜が込み上げてきた。

過去は改ざんできても、体の反応は偽りようがない。

いま欲しいと思ってくれている気持ちは……本物のはずだ。

この期《ご》に及んで罪悪感に苛まれる自分にそう言い聞かせていると、鏑木が蓮を抱き寄せ、耳に唇を押しつけてくる。

「……おまえに挿《い》れたい」

濡れた声で耳殻《じかく》に囁かれ、背筋が甘くさざめいた。ついさっき吐き出してすっきりしたはずの欲望も、ふたたび熱を孕む。

「いいか？」

確かめられて、蓮はこくこくとうなずいた。拒めるわけがない。

鏑木との挿入を伴うセックス。

それこそが、自分を偽り、彼を謀ってでも欲しかった深い繋がりだったからだ。


鏑木に手を引かれて彼の寝室に向かう。鏑木がドアを開け、先に蓮を中に入れた。自分も入ってドアを閉めようとした時、隙間からエルバがぬっと顔を出す。さっきまでは部屋の隅で体を乾かすのに夢中になっていたのだが、蓮たちが移動したのに気がついて追って来たようだ。

「グルゥウ……」

自分も部屋に入れて欲しそうに喉を鳴らす。

「エルバ……ふたりきりにさせてくれ。あとでたっぷり遊んでやるから。な？」

猫撫で声を出した鏑木がエルバを追い出し、ドアを閉めると、不満そうな唸《うな》り声《ごえ》と爪でカリカリとドアを引っ掻く音が聞こえた。

　仲間はずれはかわいそうな気がして、エルバの気配がするドアを見つめる蓮の腕を、鏑木が少し乱暴に引っ張る。

「あっ……」

　そのままぐいぐいと引き摺られ、壁際のベッドまで辿り着いたところで、トンと肩を押された。ベッドリネンに尻餅をついた蓮に、鏑木が覆い被さってくる。

　押し倒した蓮の顔の横に両手をつき、鏑木が真上から見下ろしてきた。

　不機嫌そうな、やや憮然とした表情に戸惑う。

（なに？　俺、なんかした？）

　蓮の視線を揺るぎなく捉えて、鏑木が低く命じた。

「いまは俺のことだけを考えろ」

　強引な命令口調にドキッとする。

「いいな？」

　蓮がこくっとうなずくと、一転して満足げに唇の片端を持ち上げた。微笑んだまま顔を近づけて、ちゅっと蓮の唇を吸う。

「少し待っていろ」

　甘昏い声で言い残し、自分は起き上がった。

　壁際のコンソールテーブルに向かう鏑木の背中を、蓮は横目で追う。

記憶を失った鏑木は、彼を縛っていた責任感や抑制心から解き放たれたせいか、感情表現が豊かで、前よりも若々しく感じられた。時折垣間見《かいまみ》せる稚気がなんだか新鮮で……。

(さっきのだって、あれ、エルバにヤキモチ焼いたんだよな?)

独占欲丸出しの鏑木なんて初めてだ。

恋人モードに胸を甘く疼かせていると、しばらくコンソールテーブルの引き出しの中を探っていた鏑木が、丸くて平べったい缶を手に戻ってきた。

「ワセリンだ。これくらいしか代用品が見つからなかった」

「代用品……?」

「潤滑剤の代わりだ」

答えを聞いて、前はボディオイルを使ったのを思い出した。

同時に、あの時のたまらない恥ずかしさと、体の違和感も蘇る。

あれはかなりの苦行だった。いま思い出しても、背筋がぞわぞわする。

でも仕方がないのだ。

自分たちは、それ相応の準備をしなければ繋がることができない。

(鏑木と繋がるための……通過儀礼なんだ)

覚悟を決めてシーツに横たわる蓮の傍《かたわ》らで、鏑木がバスローブを脱いだ。脱いだバスローブを椅子の背に投げ、全裸でベッドに乗り上げてくる。

改めて目の当《まあ》たりにした肉体の完成度に、蓮は圧倒された。

丘陵《きゅうりょう》のように美しく盛り上がった肩、逞《たくま》しい二の腕、張りのある胸筋、引き締まった臀部《でんぶ》、シャープに割れた腹筋――間接照明に浮かび上がる逆三角形の肉体は、まるで彫刻のようだ。軍人をやめてだいぶ経つが、それ以降も鏑木が日々の鍛錬を怠っていない証《あかし》のように思える。

色の濃い下生えから勃ち上がった雄の象徴は、まだ完全体ではない。秘めたるポテンシャルの半分くらいの大きさだった。

それでも充分に蓮を怯《ひる》ませるだけの迫力がある。自分と比べたら、まさに大人と子供だ。

(……すご)

まじまじと見入っていると、視線を感じたらしい鏑木が「あんまりじっと見るなよ」と苦笑した。

「ご、ごめん」

「挿れる前にこれ以上でかくなると、きみが苦しいからな」

思案げにつぶやいてから、「ヘッドボードに手をついて、四つん這いに」と指示を出す。

「ちゃんと解《ほぐ》さないとな。……俺たちにはブランクがあるから」

なにも準備をせずに鏑木を受け入れる自信はなかったので、恥ずかしさを堪《こら》えてベッドの枕元のヘッドボードに手をつき、四つん這いになった。

「こ……こう?」

「そうだ。その状態でできるだけ腰を高く上げろ」

命令に従い、思い切って腰を持ち上げる。

蓮の後ろに回った鏑木が、尻たぶの間にワセリンを塗りつけた。ぬるっとした感触に顔をしかめる。

塗りつけたワセリンで、あわいをじっくり丁寧にマッサージしたのち、満を持して体内に指が入ってきた。さっきも受け入れたのに、反射的にきゅうっと括約筋が絞まってしまう。

「……狭いな」

背後で鏑木が低くひとりごちた。

ぬるぬると指が出入りする感触が気持ち悪くて、背筋に悪寒が走る。鏑木の指だと頭でわかっていても、体の拒絶反応は抑え込めなかった。

「……ふっ……うっ」

直腸を捏《こ》ねくり回《まわ》され、喉の奥から苦しい息が漏れる。

「……ぅ……」

「よし……二本入った。……もう少しだ」

励まされて、蓮は奥歯を食いしばった。この試練を乗り越えなければ、鏑木と繋がることはできないと前回の経験でわかっている。

二本の指で丹念に解された中が少しずつ緩み始め、異物感にも慣れてきた頃、びりっと脆弱《ぜいじゃく》な電流が走った。フェラチオの時は浅い場所だったが、今度は奥のほうだ。蓮の反応で察したらしい鏑木が、「ここか？」と奥のスイッチを押す。

「あぅっ」

ビリビリした電流に背筋が震え、ヘッドボードを摑む手に力が入った。

「ここだな」

確信を得たような声を出し、鏑木が反応のあった周辺を集中的に刺激し始める。

「んっ……あっ……アッ」

擦られ、引っ掻かれて、尻が無意識に揺れる。ものすごい勢いで下腹部に血液が集まっていくのがわかった。下腹がねっとりとわだかまり、触られてもいないペニスがゆるゆると勃《た》ち上《あ》がっていく。

「そろそろ……か」

後ろからずるっと指が抜かれた。ほっと息を吐く間もなく腕を摑まれ、体勢を変えられる。

鏑木がベッドに胡座《あぐら》をかき、蓮が向かい合わせに跨《またが》るスタイルだ。こんなふうに太股の上に乗り上げる体位に気後《きおく》れがないと言えば嘘になるが、変に恥ずかしがって鏑木の気を削《そ》ぐのが怖かった。

「俺の首に手を回せ」

言われたとおり柔順に、鏑木の逞しい首に両腕を回す。

「そのまま腰を上げて……そうだ……そこでゆっくりと沈め」

誘導の声に導かれて腰の位置を調整し、「そこだ」と言われた場所で体を沈める。ほどなく硬いものが尻に当たった。鏑木の屹立だ。

「いいか？　挿れるぞ」

覚悟を促す声に小さくうなずく。すると次の瞬間、後孔にあてがわれた切っ先が、ずぶっと突き刺さってきた。

「ひ、あっ」

下から穿《うが》たれる衝撃に悲鳴が飛び出る。

一度経験済みだからといって、そう簡単に受け入れられるものではなかった。

無意識に収縮した括約筋が、これ以上の異物の侵入を拒む。中途半端に受け入れた痛みで顔が歪み、生理的な涙が瞳を濡らす。

「辛いか？」

問いかけに顔を上げると、鏑木と目が合った。真剣な眼差しで重ねて問うてくる。

「どうする？　やめるか？」

こんな時まで鏑木は自分を気遣い、意思を尊重してくれる。でもいまばかりは、そのやさしさが焦《じ》れったかった。

もっと激しく奪って欲しい。壊れても……いいから。

「いやだ……っ」

苛立った蓮は、激しく首を横に振った。

ここでやめたら、もう二度と繋がれないような気がした。

「やめないでくれ。お願いだからっ」

涙声の懇願に、鏑木が切なそうな表情で、「わかった」と応じる。蓮の目の縁の涙を唇で吸い取ってから、腰をしっかりと摑んだ。

「なるべく体の力を抜け。脱力して受け入れろ」

そう指南して、蓮の体を引き下ろす。

「……っ……」

硬い屹立が窄まりを割り、ずぶずぶとめり込んできた。悲鳴をあげないように唇を引き結び、蓮は鏑木の首にぎゅっと縋《すが》りつく。

一気にいったほうが結果的に楽であろうという判断なのかもしれない。途中でブレイクを挟むことなく、ノンストップで根元まで引き下ろされた。ずっ、ずっ、ずっと、体が沈むにつれて腹部の圧迫感が大きくなり、最後は尻たぶが鏑木の太股にぶつかって、背中がびくんと震える。

「……ふ……ぁ」

長大なすべてを受け入れるという大きなタスクを完了し、蓮は数秒間放心した。ぴったりと密着した鏑木の胸から、かなり速い鼓動が伝わってくる。腕を回した首筋も汗でびっしょり濡れていた。鏑木にとっても楽な行為ではなかったのだとわかる。

繋がった直後は、なんとか苦行を乗り越えた安堵が大半だったが、体内をみっしりと占拠する質量を実感するに従って、歓喜が込み上げてきた。

鏑木が自分の中にいる。

二度目はないはずだった。だから……これは奇跡だ。

運命の神様がくれた贈り物。

偽りの繋がりだけど、それでもいい。気持ちの伴わない肉欲でも構わない。

鏑木が、自分の中にいる……それだけで。

(……充分だ)

きつくしがみついていた腕の力を緩め、鏑木の顔を見る。

男らしく整った貌は、心なしか昂揚して見えた。灰褐色の瞳にも、はっきりと欲情の色が見て取れる。

「……蓮」

掠れた声が名前を呼ぶ。

「きみの中は……熱いな」

嚙み締めるような声音に、胸の奥がじわっと潤んだ。

繫がっただけで充分だと思ったそばから、新たな欲が芽生える。

キス――。キスが欲しい。

蓮の希望を的確に汲み取った鏑木が顔を近づけてきて、唇が重なり合った。口を開き、差し出した舌をすぐに搦《から》め捕《と》られる。

「……んっ……」

舌を絡ませ合ったまま、鏑木が動き出した。腰の後ろに回した手で上体を支えられ、ゆさゆさと揺さぶられる。

ズクッズクッと小刻みに突き上げられているうちに、剛直に擦られた場所から小さな快感の粒がいくつも生まれた。そのシャンパンの気泡みたいな粒があちこちで弾け、甘い痺れが体じゅうに散らばる。

「……ふ……あ、……んっ」

挿入の衝撃に萎えていたペニスが、ふたたびゆっくりと勃ち上がった。屹立を咥え込んだ粘膜が淫らに収斂《しゅうれん》しているのが自分でもわかる。

腰から滑り下りた鏑木の大きな手が、蓮の小振りな尻を鷲摑みにした。突き上げに合わせて尻肉を揉み

込まれ、背中が反り返る。

「あっ、あっ、あっ」

体と一緒に嬌声が跳ねた。マッサージの気持ちよさと、中を擦られる快楽との相乗効果で乱される。

(気持ち……いい)

未知の快感にうっとり身を任せていると、鏑木が耳にキスしてきた。耳の中を舌先でなぞり、外耳を甘噛みして、耳朶《じだ》を唇で食《は》む。くすぐったくて、首筋がゾクゾクした。やがて鏑木が耳殻に囁く。

「自分で動けるか?」

「やって……みる」

またしても気後れを呑み込み、蓮はおずおずと腰を動かし始めた。実際は二回目だと悟られるわけにはいかない。鏑木は自分たちを、数え切れないほど抱き合った恋人同士だと思っているのだ。

前後左右に自分で揺れた。鏑木を軸にして、下半身をグラインドさせる。

「なかなか上手いぞ」

誉められてうれしくなり、縦の動きを加えてみた。両脚に力を入れて体を浮かせ、下腹に力を入れながら、じりじりと沈む。鏑木が小さく息を呑んだ。

「俺の中……いい?」

「ああ……最高だ」

鏑木が息を弾ませて肯定した。

「……よかった」

ほっとする。自分とのセックスで、少しでも気持ちよくなって欲しい。

のちに偽りが明らかになったあとでも、少なくとも体の快感はあったと思ってもらえるように。

この時間がわずかでも、鏑木にとっても意味のあるものになるように。

それくらいしか、自分は鏑木に返せるものがない。

鏑木の献身に報いるものは、なにも持っていないから。

（もっと。もっと……よくなって）

願いを込め、インナーマッスルを意識的に使って締めつける。

「……うっ……」

不意打ちを食らった鏑木が呻《うめ》き声《ごえ》を発した。しばらくなにかをやり過ごそうとするように眉間《みけん》に皺《しわ》を寄せていたが、ふぅっと息を吐く。息を吐いてから、唇を横に引いた。

「どうやら、だいぶ感覚を取り戻したようだな」

「え？」

「ならばもう手加減は必要ないな」

不遜な表情で告げるなり、鏑木が体を前に倒してきた。繋がったまま仰向けに押し倒され、不意を突かれている間に太股の裏側を摑まれる。膝頭が肩にくっつくくらいに深く、体を二つに折り曲げられた。

膝立ちになった鏑木が、猛りきった怒張をいったん抜き、蓮の両脚を限界まで開脚してから、先端をずぶりと差し入れてくる。

「ひぁっ」

深々と根元まで埋め込むやいなや、抜き差しが始まった。息を整える猶予も与えられず、急ピッチで打ちつけられる。パンッ、パンッと肉がぶつかる音が響く。

「や……や、ぁ……っ」

突然の激しさに狼狽《うろた》え、蓮は悲鳴じみた声を出したが、鏑木を止めることはできなかった。最後のリミッターが外れたみたいに、ガツガツと攻め立ててくる。

「ひっ……んっ……」

荒々しく奪われながら、さっきまでは手加減されていたのだと思い知った。加減なしで奪って欲しいと思っていたけれど、実際にそうなれば、本気の激しさに圧倒される。物足りないなどと思った自分を反省した。

「あ、んンっ」

上から突き入れるような抽挿《ちゅうそう》に、腰が浮き上がる。ぴんと張った内股の皮膚がビリビリと震えた。

そのピッチについていくのがやっとの蓮を見下ろす男の目は、獰猛な輝きを放っている。獲物に食らいつく肉食獣の目だ。

「あっ……あぁっ……」

凶器のような雄で縦横無尽に蹂躙《じゅうりん》され、追い詰められていく感覚に怯《おび》えて、蓮はすすり泣いた。二度目にして知る、キャパシティを超えた大きな快楽を持て余し、無意識に指の爪を嚙む。

「んっ……むぅ」

切迫した射精感をなんとか逃そうと試みている最中も、全身の血液が雪崩《なだれ》を打って下腹部に集まっていく。ちょっとした弾みで、いまにも弾け飛びそうだった。

「あっ……だ、だ、め……い、いく……っ」

我慢できずに、悲鳴じみた訴えが口をつく。

「イッ……ちゃ、うっ」

それを待っていたかのように、これ以上ないほどに深く腰を入れられた。張り出したカリの部分で感じるポイントをグリッと抉られ、押し上げられるようにふわっと体が浮く。粘膜がひくっ、ひくっと細かく痙攣《けいれん》する。

「アッ……あ――――ッ」

普段よりワンオクターブ高い声を発して、蓮はオーガズムに達した。放物線の頂点まで押し上げられてから、すとんと落下する。

絶頂の余韻にひくひくと痙攣する蓮の中で、さほど時を置かず鏑木も達した。自分の体内が熱く濡れたことによってそれがわかる。

「……は……あ……」

（まだ体が浮遊しているみたいだ……）

現実に戻れない蓮の唇を、鏑木がちゅくっと啄んだ。前屈《まえかが》みになったことで、結合部から体液が溢れ出る。鏑木の腹筋も蓮が放ったもので濡れている。

「蓮……よかったか？」

問いかけに蓮は、とろんとした表情で「うん……」とうなずいた。

「なんか……すごかった」

朦朧《もうろう》としている頭では、まともな感想が浮かばない。幼い子供のようなコメントに、それでも鏑木はうれしそうに笑った。

「そうか。ならよかった」

その言葉で知った。

自分がそう願ったように、鏑木もまた、少しでも気持ちいいセックスになるようにと心を砕いてくれていたことを。未熟なうえにブランクのある自分を根気強くリードして……。

感謝の気持ちを伝えたくて、力の抜けた腕をなんとか持ち上げた。鏑木の首に腕を回し、引き寄せた耳許に囁く。

「……好き……大好き」

「俺もだよ」

呼応するようにすぐさま、甘く掠れた声が返ってきた。

「…………」

本心じゃない。偽りの睦言《むつごと》だ。わかっている。

わかっていても、胸が甘苦しく疼くのは止めようがなかった。

抱き合った日は、スコールが過ぎ去ったあとも外には出かけずに、室内で甘い時間を過ごした。

二人で一緒に料理を作ったり、エルバと遊んだり、各自が持参した本をソファで読んだり。本を読んでいる間も、鏑木は蓮の体のどこかしらに絶えず触れていた。ことあるごとに、蓮をハグして、キスをする。

自分が蓮の存在を忘れていた時間を取り戻そうとするかのように、スキンシップを絶やさなかった。

すっかり蓮を恋人だと信じ込んでいるその言動に、ドキドキする一方で、罪悪感が拭えない。

愛おしげに見つめられるたびに、胸がズキズキ疼いた。かといって、抱き締めてくる腕を振り払うことなどできない。

これこそが、自分が望んでいた展開なのだから。

夜になると、鏑木はさも当然のように蓮の腕を引き、自分の寝室のベッドに引き込んだ。

「え？　あ？　なに？」

ベッドに引っ張り込まれて狼狽える蓮に、「なにをそんなにあわててるんだ？」と、逆に鏑木のほうが驚いた顔をする。

「恋人同士なんだから、一緒のベッドで眠るのは当然だろ？」

「……………」

恋人同士という言葉を口にされて、背筋がひやっと冷たくなった。

なんと答えていいかわからず、自分に覆い被さる鏑木を見上げて体を硬くする。どうやら鏑木は蓮のリアクションの意味を取り違えたようだ。宥《なだ》めるような声を出す。

「心配するな。今夜はもうしない。一緒に眠るだけだ」

そのことを案じていたわけではないけれど、そう断言されれば、それはそれでなんだか寂しい気持ちになった。

しないんだ……という心の声が顔に出ていたらしい。鏑木が肉感的な唇を歪め、くっと笑い出した。

「きみはなんでも顔に出るな」

「そんなことない」

笑われた蓮がむっとすると、「素直でかわいいよ」と囁き、蓮の頭にぽんと手を置く。鏑木の癖だ。記憶を失っても、従来の癖は無意識に出るものらしい。

愛おしげに蓮の髪に指をくぐらせ、頭皮をやさしくマッサージしたあとで、じわりと目を細めた。

「俺だって欲しいよ。でも我慢する。男同士の挿入を伴うセックスは、受け入れる側の負担が大きいからな」

「……いいのに。大丈夫だよ」

鏑木に我慢なんかさせたくない。

それに、こうしていられるのも鏑木の記憶が戻るまでだ。蓮としては、限りあるチャンスを逃したくなかった。

「鏑木がしたいなら……俺」

　手を伸ばして、Tシャツの上から逞しい胸に触れる。筋肉の張りを確かめる手を摑み、鏑木が「駄目だ」と言った。

「疲れている自覚がないのか？　午後はずっと足がふらふらしていたぞ。夕食も残したしな」

　あれは……セックスの最中無意識に緊張していたから、終わってほっと脱力して、体に力が入らなかっただけだ。

　夕食は、胸がいっぱいで食べられなかった。

　ちょっとでも油断すると情事の一部始終を反芻《はんすう》してしまい、鏑木の声や表情を思い出しては変な声が出そうになるのを堪えるのに忙しく、食事が疎《おろそ》かになってしまった。

　でも実のところ、思っていたより体力を消耗したのは事実だ。事後にバスを使った際に、バスタブの中で転《うた》た寝《ね》をしてしまったくらいだから。

　あの急激な眠気は、ここ最近の睡眠不足のせいもあったのかもしれないけれど。

「今夜は大人しく眠ろう。こうしてきみと一緒にいるだけでも俺は充分だ」

「………」

「たっぷり睡眠を摂《と》って、明日の朝ちゃんと元気になっていたら」

「なっていたら？」

　期待を込めて、灰褐色の双眸《そうぼう》を見上げる。

　視界の中の鏑木が、口角を持ち上げた。

「それは……」

首を伸ばして蓮の唇をちゅっと啄み、「起きてからのお楽しみだ」と甘い低音を吹き込む。

「頭を少し持ち上げろ」

言われたとおりにすると、横に並んだ鏑木の腕が、後頭部と枕の間に滑り込んできた。

いわゆる腕枕というやつだ。

映画などで見て、恋人同士がするものという認識があったので、くすぐったいような、後ろめたいような、複雑な気分になる。

「明かりを消すぞ」

鏑木が自由なほうの手をベッドサイドランプに伸ばした。カチッと音がして、オレンジ色の小さな明かりに切り替わる。

「おやすみ、蓮」

「……おやすみ」

最後にもう一度蓮の額にキスをしてから、鏑木が天井を向いた。その姿勢で目を閉じる。

もともと寝つきがいい質《たち》なのか、あるいは軍人時代にどこでもすぐに眠れるように訓練されたのか、ほどなく寝息が聞こえてきた。

規則正しい呼吸を耳に、自分を置いて先に眠ってしまった男の横顔を、蓮はじっと見つめる。

（……夢……じゃないよな？）

片手でそっと、ほっぺたを抓った。ぴりっと痛みが走って安堵する。夢じゃない。

それでもまだ信じられなかった。

自分がいま、鏑木と一緒のベッドで眠っているなんて……。

しかも、おやすみのキスに腕枕のオプション付き。

幸せすぎて怖いなんて陳腐な台詞《せりふ》を、胸の中でつぶやく日がくるとは思わなかった。

鏑木は、完全に自分を恋人だと思い込んでいる。記憶を失う前の自分が、蓮を愛していたと信じ切って疑わない。

このまま眠って起きたら、引き続き明日も自分たちは恋人として過ごすんだろうか。

今夜だけじゃなく、この先も一緒のベッドで眠るのか？

みずからそう仕向けたとはいえ、ことが上手く運びすぎていて……なんだか却《かえ》って不安になる。

トクッ、トクッ、トクッ。

自分の心臓が不穏なリズムを刻むのを意識した。

夢の時間にはリミットがある。

バカンスは残り約一週間。休暇が終わったらジャングルを離れ、ハヴィーナに戻らなくてはならない。

都会では人目もあるし、ジャングルでの生活のようにはいかないだろう。

そうでなくても、明日の朝目覚めたら鏑木の記憶が戻っている可能性だってある。

そうなったら、リミットを待たずに夢の時間は強制終了だ。

それを思うと、とても眠る気になれなかった。

でも眠らないと——眠って体力を取り戻さないと、鏑木が抱いてくれない。

(それは……いやだ)

愛する男の寝顔を朝まで眺めていたい欲求を抑えつけ、蓮は無理矢理ぎゅっと目を瞑《つぶ》った。

閉じた目蓋《まぶた》の裏がぼんやりと熱い。

まだ体の奥に、昼間の情事の余韻が残っているのを感じる。

快感の残滓《ざんし》が、熾火《おきび》のように燻《くすぶ》っている……。

眠りたい。眠りたくない。

相反する感情が、振り子のように揺れた。

首の後ろに鏑木の腕の硬さを感じながら、眼裏《まなうら》の振り子を眺めているうちに、とろとろと眠気が襲ってくる。睡魔に腕を引っ張られた蓮は、ゆっくりと眠りの淵に沈んでいった。

VII

蓮《れん》はハンモックで眠らなくなった。

蓮の不安に反して、夜が明けても鏑木《かぶらぎ》の記憶は戻っておらず、引き続き恋人同士としての甘い生活が続いたからだ。

指を絡め合うことから始まって、常に体のどこかをくっつけて過ごす。

朝に、昼に、夜に、どちらからともなく求め合い、欲しいと思えば場所を問わずに抱き合う。

インサートにまで至らないものも含めれば、日に何度も愛し合った。

はじめの頃はそれでも、動物のように所構わずサカることに一抹の罪悪感を抱いていたが、回数を重ねるごとにだんだんと感覚が麻痺していく。

ここでは、誰に気兼ねする必要もない。ふしだらだと咎《とが》める者もいない。

そもそも自然が支配するジャングルに、人間のモラルを持ち込むこと自体が無意味だ。

それに、自分たちに残された時間は有限なのだ。躊躇《ためら》っている余裕はなかった。

おはようのキスからおやすみのキスまで。起きている間、鏑木は隙あらばキスを要求してくる。

戯れのようなキスがいつしか熱を帯びた愛撫へと移行し、ベッドに雪崩《なだ》れ込《こ》むこともしょっちゅうだった。

蓮自身、鏑木を受け入れる行為に慣れてきて、求められれば自然と体が開く。

違和感や痛みは薄れ、それと引き替えで快感に対して体が敏感になり、絶頂の時間も長くなった。

鏑木の匂いを嗅《か》いだだけで発情して、触れられた場所から火が点る。

呆気ないほど簡単に勃起《ぼっき》して、他愛なく濡れる。

まるで発情期の獣のようだ。

……獣でもいい。

淫らで貪欲な自分を知っているのは鏑木だけ。どんなに恥ずかしい格好も、見ているのは鏑木だけ。そう思えば、いくらでも大胆になれた。

蜜のように甘く、ねっとりと濃厚で、爛《ただ》れた日々。

いけないとわかっていても、願わずにはいられない。

ジャングルでの蜜月が、永遠に続くことを。

いまこの瞬間、時を止めてしまいたい。

鏑木の胸に抱かれてとろとろと微睡《まどろ》みながら、蓮はそう強く願わずにいられなかった。

鏑木の記憶が一生戻らなければいいとさえ思う。

記憶が戻らなかったら、鏑木とずっと恋人同士でいられる。

バカンスが終わったあとも、このままジャングルに鏑木を幽閉してしまおうか。

密林の奥深くに閉じ込めて、誰の目にも触れさせず、生涯自分だけのものにする。

甘美で仄暗《ほのぐら》い妄想を繰り広げる傍《かたわ》らで、もう一人の冷静な自分が水を差す。

こんなの砂で作った城だ。イミテーションの幸福だ。長続きしない。するわけがない。

鏑木の記憶がないのをいいことに、ジャングルまで連れてきた。

隔離された空間で、まだ不安定な状態の鏑木に、偽りの魔法をかけた。

自分を抱くように仕向けた。

本当は、鏑木はナオミのものなのに。

そろそろ帰国したナオミが、鏑木に連絡を取り、留守を預かる久坂《くさか》から事情を聞いて……許婚《いいなずけ》の記憶障害にショックを受けている頃かもしれない。

ナオミは、鏑木とお似合いの素晴らしい女性だ。アナの誘拐事件の時も警察官としての職務以上に親身になってくれた。解決に向けて献身的に尽くしてくれた。

なのに自分は、恩を仇《あだ》で返すような真似をしている……。

それを思うと、罪の重さで胸が押し潰されそうになる。

(わかっている)

いつかは……返さなければならないのだ。許婚のもとに。

第一、もし記憶が戻らなかったら、鏑木は側近の役職を辞さなければならないだろう。

シウヴァ命の鏑木が、半生をかけてきた使命を奪われるのは、ことによっては死よりも辛い仕打ちだ。

(駄目だ。……それだけは……駄目だ)

鏑木のためにも、できるだけ早く記憶を取り戻させて、ナオミの元へ返す。

それこそが自分の為すべきこと。体を張って尽くしてくれた二人への恩返しだ——。

不意に耳許で問いかけられ、びくっと肩が揺れる。その反応に驚いたように、蓮の髪を弄《もてあそ》んでいた指の動きが止まった。

「蓮、どうした？」

反射的に顔を上げて、鏑木と目が合う。

寝室のベッドでの獣じみたセックスのあとだった。鏑木の裸の胸に耳をあてた蓮は、力強い心臓の音を聴きながら、ぼんやり考えごとをしていた。

いまだけじゃない。昨夜から今日にかけて、気がつくと物思いにふけっている。

リミットが近づいてきて、弥《いや》が上《うえ》にも、現実に直面しなければならなくなったからだ。

はじめの三日間は、爛れた甘い生活に首まで浸りきり、鏑木と抱き合うこと以外なにも考えられない状態が続いた。食事も睡眠も二の次だった。その時間さえもが惜しかった。

熱に浮かされたような三日が過ぎ、やっと少し落ち着いてきたのかもしれない。

この二日間、相変わらず昼に夜に愛欲に溺れていたが、抱き合っていない時間には、ふと我に返るようになった。

バカンスが終わったその後のことを考えるようになったのは、今日になってからだ。

至福の時が過ぎるのは早い。

残された日数は二日。

夢の時間の終わりが近づいているのを、いやでも意識せずにはいられない……。

「……なんでもないよ」

気遣わしげな視線から逃れるために、蓮は目を伏せた。

「髪弄《いじ》られてると気持ちよくって、ぼーっとしちゃうだけ」

「……そうか？」

納得していない声が届く。鏑木が、蓮の顎《あご》を摑んで持ち上げた。真意を見極めるような眼差しを向けてくる。

「昨夜、あんまり眠れていなかっただろう？」

またびくっとしてしまい、そんな自分に内心で舌打ちをした。

「なんで？」

「やたら寝返りを打っていたからな。それに、三時過ぎにベッドを抜け出した」

「……気がついていたんだ？」

起こさないように細心の注意を払ってベッドを抜け出し、一時間くらいで戻ったのだが、どちらの時も鏑木はよく眠っているようだったから、バレていないと思っていた。

「些細な物音でも目が覚める質《たち》なんだ」

寝つきのよさと同様に、軍人時代に培《つちか》った習性なのかもしれない。

「トイレに起きたのかと思ったんだが、なかなか帰ってこなかった」

「……なんか寝苦しくて……風に当たりたくなって外に出た」

ベッドで先のことをつらつらと考え始めたら、どんどん不安感が大きくなってきて、寝つけなくなってしまったのだ。

一時間ほどハンモックに揺られてジャングルの物音を聴いているうちに気分が落ち着いてきたので、寝室に戻った。そのあとは朝まで眠れたのだが。

「昨夜は……なんでか目が冴えちゃって……珈琲《コーヒー》の飲みすぎかも。寝る前にも飲んだから」

蓮の言い訳に耳を傾けていた鏑木が、「なにか悩みがあるんじゃないのか？」と尋ねてくる。ドキッと心臓が跳ねた。

「悩みなんかないよ」

平静を装って言い返す。

「本当か？」

念押ししてくる鏑木を蓮は睨《にら》んだ。

「鏑木と一緒で、こんなに幸せなのに……なんで悩まなくちゃいけないんだ？」

内心を見透かすような、鏑木の鋭い視線を跳ね返す。

「鏑木の記憶が全部戻ったわけじゃないから、そこは気がかりだけど。でも俺のことは思い出してくれたんだし、記憶障害に関しては時間が解決するって信じてる」

蓮の顔を黙って見つめていた鏑木が、ふっと息をつき、「ならいいが」とつぶやいた。

「このところろくに出かけず、室内に籠《こ》もってばかりいたから、そのせいで寝つきが悪かったのかもしれないな」

密かにほっとする。よかった。なんとか誤魔化せたようだ。

いまはまだ、自分が抱えている秘密を打ち明けるわけにはいかない。

少なくとも、あと二日は。

「明日はひさしぶりに出かけるか」

気を取り直したかのような誘いかけに、「うん」とうなずく。

「ここでの生活も残りわずかだからな。俺もジャングルを満喫しておきたい」

「……………」

残り二日。

それが過ぎたら、鏑木を解放する。

本当のことを話して、ナオミの元へ返す。

ひっそりと決意を固めた蓮は、シクシクと疼《うず》く胸の痛みを堪《こら》え、いまだけは自分のものである鏑木の胸にくちづけた。


翌日の昼は釣りをして過ごし、日が落ちて周囲が暗くなった頃、蓮と鏑木は小屋を出た。

エルバは一昨日の夜から森に遊びに出かけたまま、戻って来ていなかった。餌も自分で確保するし、ねぐらにしている洞穴《どうけつ》もあるので、二日くらい小屋に戻って来なくても心配はしない。蓮や鏑木に会いたくなったら戻ってくるだろうというスタンスだ。

ハヴィーナで窮屈な思いをさせている分、せめてジャングルにいる間は一切の制約を与えず、自由にのびのび過ごして欲しいと蓮も望んでいた。

蓮と鏑木は、フラッシュライトで前方を照らしながら川岸の船着き場まで行き、木造の桟橋《さんばし》からカノアに乗り込んだ。

日が翳《かげ》ってからカノアに乗る目的は、夜行性動物の観察だ。

ジャングルの動物は夜行性が多い。樹木に覆われた密林の日中はおそろしく蒸し暑く、体力を消耗する。それを厭《いと》い、獣たちの多くは、朝夕の涼しい時間帯か、もしくは日没後の夜間に活動するのだ。

そのため、日中のジャングルで動物の姿を見かけることはほとんどない。たとえ日中に活動していたとしても、用心深い野生の動物たちは、みずから人間に近寄ることはまずなかった。

鳥類や小型のサル、ネズミやヤマネコなどの小動物を見ることはできても、エルバは例外として、中型や大型の動物を見るのは至難の業だ。

蓮の希望としては、せっかくジャングルに来たのだから、アルマジロやアリクイは無理でも、バクやペッカリー、ビヤードくらいは鏑木に見せてやりたかった。

そこで思いついたのがバレイロだ。

バレイロとは、密林の中にある土が露出した窪地《くぼち》で、土には塩分が含まれている。

草食動物は、人間と同じく必須ミネラルを摂取しなければ生きていけない。しかしジャングルには塩がないので、彼らはこのバレイロの土を舐《な》めることで塩分を補給している。

ということはつまり、夜のバレイロで張っていれば、土を舐めに来る動物の姿を観察できるわけだ。

その話をしてバレイロ見学に誘ってみたところ、鏑木は二つ返事で「行こう」と言った。密林生活にもだいぶ慣れ、そろそろ夜のジャングルを探索してみたいと思っていたらしい。

早々に話がまとまったので日が沈むのを待ち——鏑木が装備一式を詰めたバックパックを背負い、蓮はヒップバッグを装着し、それぞれフラッシュライトを手に持って、夜のジャングル・クルーズへと繰り出したのだ。

服装は二人とも、ジャングルに入る時には必ずそうするように、長袖シャツにミリタリーベスト、ワークパンツ、編み上げのワークブーツで、虫を寄せつけないようにしている。

月が満ちているおかげで空は明るく、無数の星の援護もあって、漆黒の闇というほどではない。目が慣れてくれれば、お互いの顔が把握できる暗さなのは助かった。特に蓮は、外灯のない環境で育ったため、夜目がきく。

先にカノアに乗り込んだ蓮が舳先《へさき》にランタンを置き、あとから乗り込んだ鏑木が荷物を下ろして、後部に設置されているモーターエンジンをかけた。

ドッドッドッドッと音を立てて、カノアが走り出す。

昔、養父に教わったバレイロは数カ所あるが、奥地のバレイロであればあるほど、野生の動物が訪れる確率は高くなる。

「ひたすら上流を目指せばいいんだな？」

「そう。上陸する場所に近づいたら言うから」

「了解」

蓮の小屋がある地点がすでに、人間にとっての、熱帯流域《セルバ》における最果ての地だ。ここより上流に民家はない。かつて幻の植物ブルジャを求めてフォレスト・ハンターたちが分け入ったので、前人未踏というわけではないが、蓮の家族がジャングルを離れてからは訪れる人間もおらず、手つかずの自然が残っていた。

上流に向かって川を進んでいく間にも、川岸にびっしりと群れるカピバラと遭遇したり、中州で亀が涼んでいるのを見ることができた。

「夜は夜でいいもんだな」

スコープで周囲を観察していた鏑木がつぶやく。蓮ほど夜目がきかない鏑木は、暗視スコープを持参してきたのだ。

「日中とは違う生き物を見ることができて、おもしろい」

興味深そうにスコープを覗き込む鏑木を見て、夜のジャングルに連れてきてよかったと思う。

ここ数日、自分がナーバスになっていたせいで、鏑木も気遣わしげな眼差しを向けてくることがままあった。

でもせっかくのバカンスなんだから、最後まで楽しんでもらいたい。

(そう……最後の瞬間まで)

ちゃぽんという音が響き、ぎょろりと大きな目が川面《かわも》から飛び出した。

「お！　ワニだ」

「メガネカイマンだよ」

黄色い眼でこちらをじっと見つめるワニの名前を教える。

「確かにメガネをかけたような顔をしているな」

鏑木が感心したような声を出した。蓮は立ち上がり、ワニの鳴き真似《レメダル》を始める。

「オン、オン、オン」

喉を鳴らすと、さらに数匹のメガネカイマンが水面に顔を出した。蓮を恋の相手だと思ったらしく、ザザッと水を掻き分けてカノアに近づいてくる。

「危険じゃないのか？」

「人間は襲わないから大丈夫」

蓮の言葉どおり、レメダルをやめると、ワニも興味を失ったようにすーっと離れていった。

ほどなくして今度は、オッ、オッ、オッという低い鳴き声が聞こえてくる。

「なんだか不気味な鳴き声だな」

「『女の頭』っていう名前の鳥だ」

「『女の頭』？」

「昔、森に一人で出かけたきり、そのまま帰ってこなかった男がいたんだ。仲間が捜しに行ったところ、男は死体で見つかった。ただ一人だけ、男の捜索に加わらなかった女房を怪しんだ男の弟が、女房の首を山刀で刎《は》ねてしまった。森の中へと転がった女の頭が、やがて鳥に化けて飛び立った。その鳥が、夜になるとああやって鳴くんだ」

子供の頃に聞かされた伝説を語り聞かせると、鏑木が微妙な顔をした。

「つまり恨みの声ってことか？」

蓮は「さぁ」と肩を竦《すく》める。

「わからないけど、『女の頭』の伝説を聞いてから、あの声が怖くて夜の森に遊びに行けなくなった。いま思えば、それが父さんの狙いだったのかもしれない。子供たちを危険な夜の森に行かせないための」

「たとえきみの父さんの創作だとしても、あの声が不気味なことには変わりがないな」

子供時代の思い出語りなどもしつつ、クルーズを続けていると、目的の場所が近づいて来た。特徴的な細長い砂州《プラヤ》、それと川に迫り出《せだ》すような巨大なマンチンガの大木が目印だ。

「そろそろだ。エンジンを切って」

蓮の指示に従い、鏑木がエンジンを止めた。

「あの砂州に止めよう」

川岸に沿って広がる細長い砂州までは、鏑木が長い木の棹《さお》を使ってカノアを動かす。この十日ほどで、鏑木は完璧に操縦をものにしていた。巧みに棹を操り、カノアを砂州に着ける。

砂州に降りた蓮と鏑木は、カノアが流されてしまわないよう、砂州の真ん中あたりまで引っ張り上げた。

「よし、これでいいだろう」

「じゃあ、行こうか」

バックパックを背負い、フラッシュライトを手に、二人で森の中に入る。

奥深い森には、フォレスト・ハンターが開拓した道筋がかろうじて残っていた。

蓮がまだ小さかった頃、養父と兄のアンドレと一緒にこの小径《こみち》を使ったことがあった。バレイロに集まる動物を待ち伏せて狩る『待ち伏せ猟』をするためだ。捕った獲物は貴重なタンパク源になる。

だがそれも十数年前の話で、現在は伸び放題の野草に覆われ、とても道とは言えない状態だった。それでも大木がない分、生い茂る草さえ取り除けば歩くことができる。

鏑木が先頭に立ち、山刀を左右に振って、腰まである灌木《かんぼく》や大きな葉をなぎ倒す。垂れ下がる蔓《つる》を断ち切り、うねうねと地を這う木の根を踏み越える。蓮は後ろからフラッシュライトで前方を照らした。照らしながら、毒蛇などの危険な生物がいないかを注意深くチェックする。蛇は突然藪《やぶ》から飛び出してきたり、木の枝にぶら下がっていたりするので、油断は禁物だった。

時折、倒木が行く手を阻む。乗り越えられるものは乗り越え、場合によっては這いずって下をくぐり抜けて進んだ。そうこうしているうちに、上陸から三十分ほどが過ぎただろうか。

「あとどのくらいだ？」

「そんなにはかからないはず。たぶん十分くらい」

鏑木がシャツの袖で額の汗を拭《ぬぐ》う。夜で気温が下がっているとはいえ、これだけの重労働を続けていれば大量に汗を掻くし、疲労も溜まる。

「疲れた？　替わろうか？」

「大丈夫だ。これくらいでへばりはしないさ」

にっと笑った鏑木が、ふたたび山刀を振り始めた。さらに十分が過ぎる。見覚えのある場所まで来たので小休止し、水分補給をした。

（もうそろそろだ）

水筒を片手にそう思った時だった。

バサバサバサッ。

不意に左手の密林からたくさんの鳥が飛び立つ。ザザザッと枝が揺れ、キキーッとサルが騒ぎ出した。

「なんだ？」

鏑木が警戒の声を発して周囲を見回し、蓮も耳を澄ます。

（大型の野獣か？）

エルバ以外のジャガーに出くわしたら、命の危険だってある。蓮は腰のナイフに手を伸ばし、柄《つか》を握り締めた。聴覚を研ぎ澄ませて森の気配を探る蓮の耳に、やがてミシミシッ、メリメリッという音が届く。

続いてドシーン！　という地響きが夜気を震わせた。

「一体なんの音だ？」

尋ねてくる鏑木の声は訝《いぶか》しげだったが、蓮は異変の正体がわかってほっとする。ナイフから手を離して答えた。

「老木が倒れたんだ」

「老木が？」

「年老いて幹の中が空洞になった老木が、みずからの重みに耐えきれずに倒れることがあって……」

説明している間にも、メリメリッ、バリバリッという音が聞こえる。その音がだんだん近づいてきていることに気がつき、蓮ははっと息を呑んだ。

「まずい！　ドミノ倒しだ……っ」

蓮が叫ぶのとほぼ同時に、左手のマンチンガがメリメリメリッ、ギィイイ……と軋《きし》み音を立てて倒れてきた。三十メートルはあろうかという巨木だ。

「危ないっ」

自分たちめがけて倒れ込んでくる木を見た瞬間、蓮は反射的に鏑木を力いっぱい突き飛ばした。自分は後ろに飛《と》び退《すさ》る。

ヒューッと空気を切り裂く風を感じた——直後。

ドーンッ!!

大地を揺るがす衝撃音が響く。

倒木の衝撃で飛び散る木っ端《こっぱ》を避け、蓮は地面をごろごろと転がった。腹這いの体勢で止まる。

そのまま顔を上げると、視界に横倒しになったマンチンガが映り込んだ。周囲には木片や枝木が散乱している。倒れたマンチンガの下敷きになった灌木や茂みは、折れ曲がったり潰されたりと、無残な姿を晒していた。

あと一秒でも気がつくのが遅かったら、二人とも下敷きになっていた。ぞっとして、脇の下に冷たい汗が滲《にじ》む。まさに危機一髪。

と、胸を撫で下ろすのはまだ早かった。

「……鏑木？」

倒木の向こうに鏑木の姿が見えないことに不安を覚える。

起き上がろうとして手をついた蓮は、右肘の関節にズキッと痛みを感じた。どうやら地面に身を投げ出した際に肘を傷《いた》めたようだ。

けれどいまは打ち身ごときに構っている場合ではない。痛みを堪えて立ち上がり、倒れたマンチンガを乗り越えた。フラッシュライトはどこかへいってしまったので、月明かりを頼りに辺りを見回す。

やがて蓮の目が、樹木の根元に座り込む鏑木の姿を捉えた。樹木に背を預けて両脚を投げ出し、顔はがっくりと前に倒れている。一瞬その姿が死んでいるように見えて、ザッと血の気が引いた。

「鏑木！」

叫びながら駆け寄り、鏑木の肩を摑む。反応がない。

「鏑木っ」

大声で名前を呼び、前後に揺さぶると、ぴくっと筋肉が動いた。

(生きてる！　よかった！)

安堵のあまり、脱力しそうになる。

意識を取り戻した鏑木が、顔をしかめて「……う」と呻《うめ》き声《ごえ》を出した。

「鏑木っ……鏑木っ」

蓮の連呼に反応するように、ゆるゆると薄目を開ける。だが、その目はうつろで、焦点を結んでいなかった。無意識らしい所作でのろのろと手を上げ、頭の後ろを触る。

「頭を打ったのか？」

過去に強打している頭をまた打ったのだとしたら、脳挫傷《のうざしょう》の危険性もある。心配になった蓮は、「頭痛は？　吐き気は？」と重ねて訊いた。

「………」

しかし返答はない。

背筋を這い上がる焦燥に圧《お》されるように、蓮は肩を摑んでいる手にぎゅっと力を込めた。硬い筋肉がぴくんと震える。じわじわと顔を上げた鏑木が、蓮を見て口を開いた。

「……蓮？」

どうやら自分が誰かはわかるようだ。少しほっとして、「うん、俺だよ」とうなずく。

「……蓮……」

記憶を探るような面持ちで繰り返した鏑木が、じわりと目を細めた。そのまま蓮の顔をしばらく眺めていたが、ふっと視線を落とす。手のひらをじっと見つめて、ひとりごちた。

「俺は……どうしたんだ？」

なんだか様子がおかしい。

後頭部を打ったショックで、一過性の意識混濁があるのかもしれない。そう思った蓮は、ここまでの経緯を説明した。

「二人でバレイロに動物を見に来たんだ。バレイロに向かう道の途中で老木が倒れて、煽《あお》りを食った木が次々とドミノ倒しになった。そこに横たわっているマンチンガがあるだろ？　最終的にあれが俺たちの上に倒れ込んできたから、俺が鏑木を突き飛ばした。直後にマンチンガが倒れて……おそらくだけど、鏑木はバックパックの重みで尻餅をついて、この木に後頭部をぶつけたんじゃないかな」

蓮が推測を口にしている間も、鏑木は手のひらを見つめ続けている。

「思いっきり突き飛ばしちゃってごめん……。とっさで加減ができなかった」

鏑木がやっと手を下ろした。かと思うと顔を上げて、蓮の顔を食い入るように見つめる。思い詰めた眼差しに戸惑い、蓮は「鏑木？」と呼んだ。

「…………」

ゆっくりと瞬《まばた》きをした鏑木が、なにかを振り払うみたいにふるっと頭を振る。

「……いや。……助かった。あの木の下敷きになっていたら死んでいた」

実感を嚙み締めるかのように、言葉を区切ってつぶやいた。その表情は、先程よりかはだいぶしっかりしてきたように見える。

「思い出してきた？」

蓮の確認に、鏑木がうなずいた。

「ああ……思い出した」

「よかった」

ふーっと安堵の息を吐いて、右手を差し出す。

「立てる？」

蓮の手を摑み、鏑木が木の根元から腰を上げた。バックパックを背負った鏑木をぐっと引っ張り上げた刹那《せつな》、蓮の肘に鋭い痛みが走る。

「……いてっ」

「どうした？」

今度は鏑木が蓮を心配する番だった。

「さっき肘を傷めたのを忘れてた」

「打ち身か？」

「たぶん。関節は動くから骨に異常はないと思う。小屋に戻ったら湿布を貼るよ。――ところでどうする？」

「…………」

「アクシデントはあったけど、バレイロを探しに行く？」

問いかけたが、鏑木の応答はない。暗闇の一点を見つめて放心している男に、蓮は眉をひそめた。

「鏑木？」

「…………」

もう一度「鏑木ってば」と呼びかけて、漸《ようや》くこちらを向く。心ここにあらずといった表情で、「なんだ？」と聞き返してきた。

「だから、このあとどうするかって話。小屋に戻るか、このままバレイロを探すか」

「……ああ……」

生返事をして、またぼんやりしている。明らかにいつもと様子が違った。

(頭を打った後遺症？)

ふたたび不安になった蓮は、「やっぱり戻ったほうがいいんじゃないか」と言った。

「体調が優れないんだろ？」

「いや……そんなことはない」

否定した鏑木が、取り繕うように「せっかくここまで来たんだ」と言い添える。

「バレイロを探そう」

そう蓮を促し、足許に落ちていたフラッシュライトを拾い上げた。


「……おかしいな。確かこのあたりのはずなんだけど」

フラッシュライトで周辺を照らしながら、蓮は困惑の声を出した。

目的のバレイロが見当たらない。

鏑木も藪や茂みの中まで入って探してくれたが、それらしき窪みは見つからなかった。

「なくなるということもあるのか？」

「自然のものだから、その可能性もなくはないけど……」

最後に来たのは十年以上前だから、今日までにそれこそ十回以上の雨期を経ている。とりわけ雨が多い年には、密林自体が水中に沈むことさえあるのだ。大きな環境の変化によって、バレイロが消滅してしまってもおかしくはない。

もしも消滅してしまったのなら諦《あきら》めて帰るしかないのだが、鏑木が苦労して道を切り拓《ひら》き、せっかくここまで来たのに……と思うと、なかなか未練を断ち切れなかった。

「場所が違うのかもしれない」

目印になるような建物もなく、どこも同じような緑の風景なので、思い違いの可能性もある。なにしろ子供の頃の記憶だ。しかもジャングルは日々変化している。

「もう少し範囲を広げて探してみよう」

蓮は鏑木に提言した。

「それで見つからなかったら諦める」

「わかった」

ただし、ここから先は蓮にとっても、足を踏み入れたことがない未知の領域だ。

道に迷わないよう、一定の間隔ごとに、木の小枝を折り曲げてマーキングしていく。これが、元の道に戻るための目印となる。

勘を頼りに十分ほど彷徨《さまよ》い歩いた頃だった。

顔の前をなにかがひらりと横切る気配を察して、フラッシュライトを向ける。

メタリックブルーの羽がキラッと反射した。

「モルフォ蝶《ちょう》？」

普通、蝶は夜には飛ばない。夜になると羽を閉じて眠りに入る。こんな時間に飛んでいる蝶を、蓮は初めて見た。いわんやアマゾンでさえ稀少なモルフォ蝶だ。

モルフォ蝶は、シウヴァ家の家紋の意匠であり、その形の痣《あざ》は直系に生まれし者の証《あかし》でもある。亡くなった祖父グスタヴォは、蝶の形の痣を首に持っていたし、従姉妹《いとこ》のアナ・クララは脇腹に、蓮は左の肩甲骨の下に持っている。

シウヴァ一族と浅からぬ縁を持つモルフォ蝶が、蓮の目の前でひらひらと舞い踊った。煌《きら》めく羽の美しさに魅入られていると、突如ふわっと上昇して飛び去る。

「あっ……」

だが一気に飛び去ることはせず、少し離れた場所で止まった。まるで蓮を待っているかのように、その場でひらひらと羽を動かす。

優雅な羽ばたきに誘われるがごとく、蓮は足を踏み出した。

「蓮？」

鏑木が訝《いぶか》しげな声を出す。

「どこへ行くんだ？」

問いかけの声にも答えず、モルフォ蝶を追った。

「蓮！」

後ろから鏑木も追ってくる。

ふわふわと上下しつつ移動する蝶に導かれ、蓮はさらに森の奥へと歩を進めた。

誘導されて奥へ。奥へ。

緑はいっそうの濃さを増し、どんどん暗くなっていく。

けれど蓮の頭に、迷うかもしれないという懸念はなかった。ただメタリックブルーの羽を、子供の頃のように無心に追いかける。

腐葉土をざくざくと踏みしめ、みっしりと林立する樹木の間を縫うように進んでいくと、出し抜けに視界が開けた。

暗闇から一転して、いきなり明るい光が目を射る。

「……っ」

そこには、思わず息を呑むような神秘的な光景が広がっていた。

開かれた上空から、さやかな月の光が差し込んでいる。月光のシャワーを浴びて、無数のモルフォ蝶がひらひらと舞っていた。

ジャングル生まれの蓮ですら、一度にこんなにたくさんのモルフォ蝶を見るのは初めてだ。

モルフォ蝶の群舞の下には楕円形の池があった。睡蓮の葉が浮く池の水面も、月の光に反射してキラキラと煌めいている。

鬱蒼《うっそう》と暗い森の中にあるからことさらに、その神秘の空間は光り輝いて見えた。

「……すごい」

立ち尽くした蓮の唇から感嘆の声が零れる。

ジャングルで生まれ育ち、多種多様な自然の驚異を目にしてきたが、こんなのは見たことがない。

「ああ……すごいな」

いつの間にか傍《かたわ》らに立っていた鏑木も、目前に広がる光景に圧倒されているようだ。

「綺麗だ」

「……うん」

モルフォ蝶が導いてくれなかったら、絶対に辿り着けなかった。

二人で息を詰め、神々しくも美しいビジュアルに見入っていると、一匹のモルフォ蝶が水面に向かって舞い降りる。それが符牒《ふちょう》だったのか、次々と蝶が舞い降りていき、一瞬だけ水にダイブして、すぐに飛び立った。

「あれは……なにをしているんだ？」

鏑木がつぶやく。

「わからない。……けど、まるで水浴びしているみたいだ」

「蝶の遊び場というわけか」

「そうなのかもしれない」

ここはモルフォ蝶の秘密の遊び場で、人間が立ち入ってはいけない場所なのかもしれなかった。人間が足を踏み入れない未開の奥地だからこそ、人知れず、これほどまでに美しい場所が残っていたのだろう。

自然の世界には、人間が触れてはいけないものがある。

頭ではわかっていたが、側まで近寄りたい欲望に抗えず、蓮はふらふらと池に歩み寄った。

池に近づいて気がついたのだが、水辺にはびっしりと植物が自生していた。興味をそそられた蓮は、足を止めて跪《ひざまず》く。

間近で見た植物の葉は、羽を開いた蝶のような形《フォルム》をしていて、明るい緑の地色に濃い緑の縞模様《しまもよう》が入っていた。

ジャングルは生命のゆりかごと言われ、動植物の宝庫でもあるが、これは蓮も初見の植物だ。水辺に生えているということは、水草の一種なんだろうか。触ってみると、葉の裏にみっしりと起毛があった。

なぜか妙に心惹《こころひ》かれた蓮は、衝動的に、葉が数枚ついている茎《くき》を手折《たお》る。

なんという名前の植物なのか、あとで調べてみよう。

そう考えて、ワークパンツのサイドポケットに差し込んだ。

モルフォ蝶に導かれて辿り着いた秘密の場所で見つけた――蝶の形の葉を持つ植物。

自分の背中にある痣とよく似た葉の植物に、蓮は不思議な縁を感じていた。

その後も二人であちこち探索したものの、結局、当初の目的であったバレイロは見つからなかった。

仕方なく、諦めて戻ることにしたが、マーキングがある場所まで引き返すのにかなり苦労した。モルフォ蝶の導きのまま、目印もつけずにふらふらと歩き回ってしまったせいだ。

途中休憩を挟みつつ、二時間ほど探し歩いて、やっと折れた枝の印を見つけることができた。そこからは等間隔にマーキングされた目印を辿り、順調に来た道を引き返す。

砂州《プラヤ》まで戻ってカヌアで川を下り――無事に小屋に帰還できたのは、東の空が白々とし始めた頃だった。

「グルゥウウウ」

立ちこめる朝靄《あさもや》の中から唸《うな》り声《ごえ》が聞こえたかと思うと、エルバがうれしそうに駆け寄ってくる。遊び疲れて森から戻ってみたら蓮たちが留守だったので、小屋の下で待っていたらしい。

「ごめん、待たせたか？」

エルバが「待ったよ」と言いたげに、ぱたんと尻尾《しっぽ》で地面を打つ。蓮は屈《かが》み込《こ》んで、エルバのうなじから背中にかけてを撫でてやった。

「鏑木とカヌアで上流のバレイロ見学に行ってたんだ。結局見つけられなかったんだけど」

「グゥウ……」

「代わりにすごく綺麗な場所を見つけたよ。エルバ、おまえにも見せてやりたいな。でも、もう二度と辿り着けないかもしれない。モルフォ蝶の導きがあったから偶然見つけた場所だし」

エルバに話しかけながら丸太の梯子《はしご》を上り、小屋の中に入る。蓮とエルバのあとから鏑木も室内に入ってきた。バックパックを下ろし、ワークブーツを脱いでいる鏑木を、蓮は横目で窺う。

見た目は、特に変わったところは見受けられない。

だけど、後頭部を打ってから、なんとなく様子がおかしくなって、全体的に口数が少なくなった。

モルフォ蝶の遊び場を見つけた時は、さすがに興奮している様子だったけれど、その後はまた寡黙《かもく》になり、カヌアの中でもほとんどしゃべらなかった。ずっと物思いに沈んでいる感じで……。

疲れているのかもしれない。

道とはいえない獣道を孤軍奮闘で切り拓き、倒木のアクシデントもあったし、なおのこと帰りは二時間も迷ってしまった。

いくらタフな鏑木だって疲労困憊《ひろうこんぱい》してもおかしくない。

（しかも、これだけ大変な思いをしたのに肝心のバレイロは見つからなかったし……徒労感も拍車を掛けているのかも）

そんなふうに自分に言い聞かせていると、当の鏑木に「蓮」と呼ばれた。

「なに？」

「湿布を貼ってやる」

「湿布？」

一瞬なんのことかわからずに聞き返す。

「肘だよ。傷めたんだろ？」

「……ああ」

そういえば、右の肘を打撲したのだった。蓮自身はすっかり忘れていたのに、鏑木はちゃんと覚えていた。なによりも優先して蓮のことを考えてくれるのは、記憶を失ってからも変わらない。

鏑木の本質が蓮の騎士《ナイト》であることは、いつどんな時も変わらない。

鏑木が、薬類一式が入っているアルミのファーストエイドキットを持って来て、リビングのソファに蓮を座らせた。自分もその横に腰を下ろし、「シャツを脱いで後ろを向け」と指示する。

言われたとおりにシャツを脱ぎ、背中を向けた。すると鏑木は蓮の右腕を摑んで自分のほうに引き寄せ、肘を視診し始める。

「痣にはなっていないな」

その後、そっと折り曲げた。

「どうだ？」

「特には……」

次にゆっくりと捻《ひね》る。

「いたっ」

痛みが走り、蓮は悲鳴をあげた。

「痛いか？」

「うん……」

「打ち身というより捻挫《ねんざ》だな。打った時に捻ったんだろう」

そう診断を下し、患部に湿布薬を貼ってくれた。

「なるべく右肘に負荷をかけないことだ。右手で重いものを持ったり、立ち上がる時に右手をついて負荷がかかるのを避けること。利き手だから、当分は不自由だろうが」

「わかった……気をつける。湿布、ありがとう」

礼を言ってシャツを着ようとしたが、鏑木が右腕を摑んだままなので動けない。

「……なに？」

問いかけに答えはなく、返事の代わりに背中に視線を感じた。

蓮の背に特筆すべきなにがあるかと言えば、蝶の痣だ。肌に刻まれたシウヴァの紋章。

その痣がある——左の肩甲骨の下あたりに熱い息がかかり、蓮はぴくんと震えた。

鏑木が顔を近づけた？

ほどなく湿った感触が触れる。唇だとすぐにわかった。以前にも、同じようなことがあったからだ。痣に唇を押しつけた状態で、鏑木は動かない。

（鏑木？）

違和感を覚えた。ジャングルに来てから何度も抱き合ったけれど、いままで鏑木はこの痣にとりたてて執着を見せなかった。

（それがどうして急に……？）

鏑木が前にここにくちづけたのは、『パラチオ　デ　シウヴァ』の蓮の寝室で初めて繋がった時だ。

こうしていると、その時のことが思い出される。

あの時もいまと同じように、痣に唇を押しつけたまま、なにか特別な思いを噛み締めるがごとくじっと動かなかった。

とても大切なもののように痣にくちづけられて、じわっと胸の奥が潤んだのを覚えている……。

やがて、ふっと唇の感触が消えたかと思うと、鏑木が後ろから抱き締めてきた。蓮を胸の中にすっぽりと抱き込んで、首筋に顔を埋《うず》める。

「……蓮」

名前を呼ばれた蓮の心臓がきゅうっと締めつけられるような——切ない声音。

（……なんかおかしい）

具体的に、どこがどうとは言えないけれど。

蓮は自分を抱き締めている鏑木の腕に手を重ねた。

「……どうした？」

小声で尋ねる。

「なんか……あったか？」

密着した体がかすかに身じろいだ。なにごとかを言うか言うまいか、躊躇っているような気配を感じる。

沈黙が長く続き、蓮は辛抱強く答えを待ったが、結局、返ってきた言葉は「……なんでもない」だった。

「本当に？」

疑わしげな声が出る。

「けどなんか変だぞ。やっぱり頭を打った時になにかあ……ッ」

言葉の途中で出し抜けに顎を摑まれ、後方に捻《ねじ》られた。抗う間もなく、覆い被ってきた唇に唇を塞がれる。

「……ぅ……っ」

不意を突かれて両目を大きく瞠《みは》っていると、唇を乱暴にこじ開けられた。押し入ってきた厚みのある舌に、たちまち舌を搦《から》め捕《と》られる。

「……んっ……んンっ」

舌を吸い上げ、唾液を啜《すす》り、上顎をねっとりと陵辱《りょうじょく》しながら、顎を摑んでいるのとは別の手が、蓮の後ろ髪を悩ましげに搔き乱した。

弱みを知り尽くしている男に、気持ちいい場所を的確に攻略されて、口の中だけにとどまらず、体全体が蕩《とろ》け始《はじ》める。

「ふ……ぅ……うん」

鼻から甘い息を漏らし、蓮は情熱的なキスに酔いしれた。

弾力性のある舌が粘膜を掻き回す、くちゅ、ぬちゅっという湿った音が鼓膜に響き、酸欠も相まってか、少しずつ頭に霞《かすみ》がかかっていく。

(溶ける……)

唾液の糸を引いて口接を解かれた時には、体から完全に力が抜け切っており、蓮はくったりと背後の鏑木に凭《もた》れかかった。支えがなければ床に崩れ落ちてしまいそうだ。

脱力した蓮の体を鏑木がソファに横たえる。

蓮を見下ろす鏑木の顔は、灰褐色の瞳が猛々しい光を放ち、どこか追い詰められた野生の獣のようにも見えた。

「かぶら……」

声を発しかけた唇を、大きな手のひらで覆われる。そのままゆっくりと、鏑木が身を沈めてくる。

明確な意図を持って覆い被さってきた男に、首筋に噛みつくようにくちづけられ、脇腹を手のひらで撫で上げられた。ぞわっと首筋が粟立つ。

脇腹から胸に移動した手で乳首を摘まれ、ひくんと背中が仰《の》け反《ぞ》った。この数日間ですっかり敏感になった乳首を指先で捩《ね》じられて、嬌声《きょうせい》が口をつく。

「んっ……あぁっ……」

このあと、鏑木が自分をどう喘《あえ》がせ、快感の頂点へと導くのか、想像しただけで下腹部が期待にじんわり熱を孕《はら》む。

押しつけられた鏑木の雄も、すでに熱く張り詰めている。硬い兆しをごりっと擦りつけられ、背筋にジン……と甘い痺れが走った。

突然発情スイッチが入った理由はわからない。

わからなくても構わない。

大切なのは、鏑木がその気になってくれたこと。

残された時間はもうわずかで、あと何回繋がれるかわからないのだ。

荒々しく自分を奪いにかかる男の、厚みのある体に腕を回す。

その逞《たくま》しい筋肉質の背中に、蓮は先をねだるように爪を立てた。

ガリガリッ……ガリッ。

爪でなにかを引っ掻くような音で目が覚めた。

薄目を開けた蓮は、すぐには起き上がることができずに、ぼんやり天井を見上げる。

視界に映り込んでいるのは、リビングの天井の木目だ。

どうやらソファで鏑木と抱き合ったあと、そのまま眠ってしまっていたらしい。

欲望を吐き出すからか、それなりに体力を使うからか、セックスのあとは眠くなる。とりわけ昨夜は貫徹でジャングルを歩き回って一睡もしていなかったから、眠気も強烈だった。体を密着させている男の体温も、心地いいあたたかさで眠りを誘う。

「………」

またじわじわと目蓋《まぶた》が下がってきた。夢うつつを往き来しつつ、ゆっくりと意識が混濁し……。

ガリッ、ガリガリッ……ガリッ。

その音でふっと現実に引き戻された。

引っ掻き音が、さっきよりも忙しなく、激しくなっている。ただならぬものを感じ、蓮はがばっと起き上がった。

「蓮？　どうした？」

蓮と重なり合うようにソファに横たわっていた鏑木も、身を起こす。蓮同様に全裸だ。

この音から連想できる存在は、身近に一人、いや一頭しかいない。

「エルバ？」

鏑木から体を離し、二人分の衣類が散らばる床に裸足《はだし》で立った蓮は、リビングをぐるりと見回した。部屋の左手の隅に、縦長の黒い塊《かたまり》が見える。体を起こしたエルバが、壁に張りついていた。

ガリガリガリッ……ガリガリッ。

前肢の爪で木の壁を執拗に引っ掻いている。その背中からは鬼気迫るものが漂っており、ネコ科の動物が習性として行う爪研ぎとは、ニュアンスが異なるように感じられた。

そもそも、いままで一度も家の中で爪を研いだことなどないのだ。普段暮らす『パラチオ　デ　シウヴァ』は建物自体が美術品と言っても過言ではなく、こんなふうに壁を引っ掻いたりしたら大変なことになる。エルバにも重々言い聞かせており、賢いエルバは蓮の言いつけを破ったことが一度もない。

しかもいまはジャングルにいて、外にいくらでも手頃な樹木があるのだから、いよいよもって室内で爪を研ぐ必要性はなかった。

「エルバ……どうした？」

様子がおかしい「弟」に声をかけ、そっと近づく。

「エル……」

ぐるっと首を後ろに回したエルバが、くわっと口を大きく開けた。真っ赤な口と尖《とが》った牙が見える。

「ガウアッ」

「………っ」

威嚇《いかく》するような咆吼《ほうこう》を浴びせかけられ、蓮は固まった。エルバに牙を剝かれたのは、生まれて初めてだったからだ。

雷に打たれたようなショックを受けてその場に立ち尽くしていると、後ろから左腕を摑まれ、ぐいっと引っ張られる。鏑木が蓮の腕を引き、自分の後ろに回り込ませた。

蓮の前に立って、エルバを用心深く見据えつつ尋ねてくる。

「過去に一度でもこうなったことがあったか?」

「ないよ。一度もない」

「そうか。どうやらひどく興奮しているようだ。……刺激しないように少し距離を置いて様子を見よう」

まだ動揺を引き摺った精神状態で、蓮はこくりと首肯した。

エルバがいつもと違うことは一目瞭然だが、理由がわからない。心当たりもなかった。

(どうしちゃったんだよ?　一体なにがあったんだ?)

近寄って問《と》い質《ただ》したかったが、鏑木の言うとおりにいまは刺激しないほうがいいと判断し、その欲求をぐっと抑えつける。

二人で静かに後ずさり、ソファまで戻った。念のためにソファの背後に回り込む。固唾《かたず》を呑んで見守る視線の先で、エルバの奇妙な行動は続いた。

黄色みを帯びた眼を爛々《らんらん》と光らせ、ぴょんぴょんとジャンプしたかと思うと、リビングの壁際をぐるぐる走り始める。走りながら、唸り声や咆吼《ほうこう》をあげる。その声も、普段とは違う、聞いたことのないようなものだ。

十分間ほどそんなハイテンションが続いたのちに、突如バッテリーが切れたみたいにぴたりと動きが止まった。

床に寝そべり、先程までの狂乱が嘘のように、尻尾でぱたんぱたんとゆるやかに床を打つ。顎を前肢に乗せ、目は半開きで、見るからに眠そうだ。

エルバが大人しくなったので、蓮と鏑木も動けるようになった。ソファの周辺に脱ぎ散らかしてあった衣類を拾って着込む。蓮のワークパンツはなぜか見当たらなかったので、とりあえず下着とシャツだけ身につけた。

「さて、原因究明だ」

鏑木の発言に蓮もうなずく。

「俺たちが戻って来た時は、おかしな様子はなかったよな？」

「うん。帰るのを待っていたみたいで、うれしそうに駆け寄って来た」

「さっきのエルバは極度の興奮状態にあるように見えた。喩《たと》えるなら、またたびを嗅《か》いだ猫と同じ状態だ」

「つまり、様子がおかしかったのは、なにかを食べたか、飲んだか、舐《な》めたか、匂いを嗅いだせい？」

「可能性は高い」

記憶を掘り起こしてみる。ソファで鏑木に湿布を貼ってもらっていた時、確かエルバは暖炉《だんろ》の前に寝そべっていた。

セックスの最中は無我夢中だったので覚えていないが、さっきみたいな状態ならさすがに気がついたはずだ。

となると、様子が変になったのは、蓮と鏑木が事後にソファでうとうとしていた時間帯ということになる。その間エルバは外に出ていない。だとしたら、小屋の中に要因がある。

二人の意見が一致した。

「欠片《かけら》か残骸《ざんがい》が残っているかもしれない。探してみよう」

危険物かもしれないものを、室内に放置しておくわけにはいかない。

「了解」

二手に分かれ、小屋の中をチェックして回った。リビングだけでなく、廊下やパウダールーム、バスルームと順に見ていく。

「おい！　これじゃないか？」

しばらくして、鏑木が声を張り上げた。バスルームを探索していた蓮は、鏑木の声の発信源である炊事場へ急ぐ。

「どれ？」

「炊事場の床に落ちていたんだが、齧《かじ》られたあとがある」

鏑木が顔の前に翳《かざ》したものを見て、蓮は「あっ」と声をあげた。

蝶の形に、縞模様の植物。

「見覚えがあるのか？」

「モルフォ蝶が集まっていた池の水辺に自生していた植物だよ。めずらしい形の葉だったから、名前を調べてみようと思って持ち帰ったんだ。ワークパンツのサイドポケットに入れていたんだけど……」

「ワークパンツはそこだ」

床にくたっと落ちているワークパンツを、鏑木が指差した。

どうりで見当たらなかったはずだ。エルバが咥《くわ》えて炊事場に移動させたのだろうか。

この植物の匂いを嗅ぎつけて、ポケットから引っ張り出して食べた？

葉っぱを嗅いでみたが、特に匂いはしない。人間の鼻では感じ取れないが、エルバの嗅覚《きゅうかく》を刺激する特別な匂いがあるのかもしれない。

「もしかして毒草？」

「可能性はあるな。毒キノコで幻覚を見ることがあると聞くし」

「……少量だったから、この程度で済んだのかもしれないな」

もしエルバが大量に食べてしまっていたらと思うとぞっとする。

蓮は安易に見知らぬ植物を持ち帰ったことを反省した。

「とにかく危険な植物であることは間違いない。二度とエルバが口にしないように、残りは処分したほうがいいな。外に捨てて他の動物が食べてしまってもいけないし、焼却するのがいいだろう。善は急げだ。いまから下で焼いてくる」

「……うん。俺もあとで行くから」

植物を手に鏑木がドアから出て行った。庭にある竈《かまど》で焼くつもりだろう。

炊事場の床からワークパンツを拾い上げ、片足を通していた蓮は、ふと脳裏に浮かんだ閃《ひらめ》きに動きを止めた。

（もしかして……）

いや。まさか。そんなことがあるだろうか。

片足を浮かせたまま、頭の中の閃きを吟味する。

かつて、その葉を煎《せん》じて飲むと幻覚を見ると言われ、インディオたちが宗教的儀式や麻酔の代用品として用いた植物があった。

……幻覚。

先程のエルバの様子がフラッシュバックする。

まるで見えない敵と戦ってでもいるような……あれは幻覚を見ていたんじゃないのか。

もしかしたら……あの蝶の形の植物こそが、フォレスト・ハンターたちが命を賭《と》して追い求め、亡き実父も研究対象としていたというブルジャなんじゃないか？

もちろん確信などない。蓮はブルジャがどんな植物なのか知らないし、だから断言することはできない。

ただの勘だ。ただの勘だけど、スルーできないものを感じる。

背中を這い上がる焦燥に押され、あわててワークパンツを腰まで引き上げた。

ベルトを締める動作さえもどかしく、ドアから飛び出て丸太の梯子を駆け下りる。庭の一角に設置された竈の前に鏑木が立っているのが見えた。煉瓦《れんが》で囲った竈からは、もくもくと煙が立ち上っている。

「鏑木！」

枝をくべていた鏑木が、顔色を変えて走ってきた蓮を不思議そうに見た。

側まで駆け寄った蓮は、竈を覗き込む。中では火が勢いよく燃えていた。

植物らしきものは、もはや影も形も見当たらない。

（……遅かった）

体から力が抜ける。

「血相を変えてどうした？」

「………」

たとえあれがブルジャであったとしても、証拠は燃えてしまった。

あの場所にもう一度行って摘んでくることもできない。モルフォ蝶の導きがない限り……無理だ。

幻のブルジャは、やはり幻のまま……。

(それで……いいのかもしれない)

「どうかしたのか？」

鏑木の訝しげな眼差しを感じた蓮は、唇の両端を意識的に持ち上げた。落胆を隠してつぶやく。

「……なんでもない」

VIII

最終日の太陽が沈み、真円の月が昇る。

今夜は満月だ。

庭でシュラスコをしたあと、蓮《れん》と鏑木《かぶらぎ》はデッキチェアに横たわり、珈琲《コーヒー》を飲んでいた。とりたてて会話もなく、二人とも黙ってホーローのカップから珈琲をすする。

ジャングルでの休暇が終わろうとしていた。

明日の朝にはいよいよ迎えが来る。

結局、二週間のジャングル生活で、鏑木の記憶が完全に戻ることはなかった。蓮との関係については、ところどころ思い出したようだが、それも正確な記憶ではない。蓮が故意に歪ませた記憶だ。

一週間前の夜、こうして一緒に星を眺めながら、自分は鏑木に嘘の告白をした。

——俺たち……恋人同士だったんだ。

それを信じた鏑木と、恋人同士として七日間を過ごした。

蓮にとっては、まさに夢のような日々だった。きっと、こんな幸せな時間は二度と訪れない。

そんな——漠然とした——悲しい予感があった。

ハヴィーナに戻ったあとは、このままというわけにはいかないだろう。

記憶が戻らなかった鏑木に、側近の仕事に復職する道はない。当面は回復を待っての様子見となり、自宅待機ということになるのではないか。

そうなれば、必然的に蓮との接点はなくなる。毎日顔を合わすこともできなくなる。二人が会うためにはそれなりの理由が必要となり、また場所も選ぶ。抱き合うことなど滅多にできなくなるだろう。

それ以前に、ジャングルを離れたあとで、蓮は自分の嘘を打ち明けるつもりだったから……鏑木が真実を知れば自分たちの関係は終わりだ。

仮に早晩、記憶が戻ったとして。

鏑木は側近に復職できる。だが記憶が戻れば、蓮と自分が恋人関係でないことも思い出す。

記憶障害に付け込む形で自分を謀《たばか》った蓮を、鏑木は許さないだろう。いままで以上に心を閉ざし、固い「鎧《よろい》」を纏《まと》うに違いない。

ビジネス上のつきあいは継続されるが、それ以外ではシャットアウトされる。

つまり、記憶を失う前に戻る。そして、事態が落ち着いた頃合いを見計らってナオミと結婚――。

蓮の口から、ふーっと重苦しい息が漏れた。

どのみち幸せな未来図は描けない。自分たちに限ってハッピーエンドはない。

やっぱり、どう考えてもいまがピークだ。十八にして人生の絶頂期だ。

あとは堕ちていくだけ……。

明日以降の自分が、カーニバルの翌日のような虚無感に襲われるのは、目に見えている。占い師の手を借りずとも簡単に予想がついた。

蓮がナーバスになっているせいか、鏑木も言葉が少ない。星を見つめる横顔はどことなく物憂げで、夜空を映したような影が、ただでさえ彫りの深い顔立ちに深い陰影を作っていた。

鏑木も、明日からの生活に不安を感じているのだろうか。

感じていて当然だ。

ジャングルは隔離された非日常空間で、それ故、この二週間は現実に直面せずに済んでいた。けれど、明日からはそうもいかない。

自分が何者なのかさえわからない、過酷なリアルと向き合わなければならないのだ。やるべきタスクもなく、記憶が戻るのをあてどなく待ち続ける日々は、鏑木のような男にとって苦痛以外のなにものでもないだろう。

自分たち二人の先行きは、雨期のアマゾン川のごとく不透明で、あやうい。

お互いを求め合う幸福な時間を知ってしまったからこそ、そうでなくなった時と比べて、その激しい落差は自分たちをしたたかに打ちのめすに違いない。

だけど、いまここにある幸せだって、自分がついた嘘の上に成り立っている。

はじめから愛なんてなかったのだ。自分たちの間にはなにもなかった。

あったのは、期間限定の、偽物の恋愛ごっこ。

そう考えれば、幾ばくかは楽になるだろうか。

喪失の痛みが和らぐだろうか。

蓮にはわからなかった。

ただ一つだけ確かなのは、いまこの瞬間も、自分が隣にいる男を欲しがっていること。

体の全細胞が欲していること。

終わりが避けられないのならば、せめて最後の瞬間まで、肌を重ね合わせていたい。

その熱を感じていたい――。

気がつくと蓮はデッキチェアから離れて、鏑木の傍《かたわ》らに立っていた。

「……蓮？」

鏑木が不思議そうな声を出す。少しの間、訝《いぶか》しげな表情《かお》を見下ろしてから、蓮は膝を折って地面に膝をついた。デッキチェアの側面に膝立ちになり、鏑木のウエストに手を伸ばす。

「……おい」

戸惑いの声を無視してベルトを外し、ファスナーを下ろした。前をくつろげ、下着の上から雄《オス》に触れる。

いきなり触れられた鏑木が、驚いたように上半身を起こした。

「どうしたんだ？」

問いかけには答えず、蓮は黙って布越しにフォルムをなぞる。張り出したカリの部分とその下の括《くび》れ。

ずっしりと重たくて長いシャフト。

片手で形を確かめているうちに、平常時でもかなりの質量を誇るそれが、徐々に熱を孕《はら》み、硬化し始めた。

「気持ち……いい？」

それまでは息を詰めていた鏑木が、「……ああ」と吐息混じりの声を零す。

うれしくなった蓮は、今度は両手を使い、十本の指で愛撫した。愛撫に応《こた》えるように、下着の中のものがますます膨張する。もはや収まりきらなくなった熱を解放するために、下着をぐいっと下げた。

跳ね馬の勢いで飛び出した雄々しいものに、ごくりと唾を呑む。

反り返った先端は、早くも少し濡れていて、エロティックなビジュアルにじわっと体が熱くなった。心臓も駆け足で走り出す。

(……欲しい)

これを……自分だけのものにしたい。

身の内に湧き起こった強い衝動に背中を押され、体を折り曲げ、股間におずおずと顔を埋《うず》めた。

生まれて初めての行為だったが、不思議と気後《きおく》れはなかった。すでに鏑木が自分にしてくれていたからかもしれない。

七分勃《ななぶだ》ちの欲望の根元に手を添え、舌先で亀頭の透明な蜜を舐《な》め取《と》ると、鏑木がぴくりと腰を揺らした。

口の中に、苦いような青臭いような、独特のえぐみが広がる。

正直、まずい。でも鏑木は、蓮の性器を口で愛撫するだけにとどまらず、精液まで呑んだ。

鏑木にできて、自分にできないはずがない。

相手を好きな気持ちでは、絶対に負けていないはずだから。

「……蓮」

いいのか？　と心配そうな声が訊いてきたけれど、聞こえないふりをして、もっと深く顔を埋めた。根元から軸を舐め上げる。浮き出た血管の隆起にも舌を這わせた。

テクニックなどないから、鏑木が自分にしてくれたことを思い出して、そのやり方をなぞるしかない。

あとは想像だ。自分がやられて気持ちいいであろうことを試してみる。

シャフトの次は、カリの下あたりを愛撫した。舌先でちろちろと刺激したり、息を吹きかけたり、薄い皮膚を甘噛みしたり。そのたびに鏑木が息を呑み、身震いをする。リアクションから、感じているのが伝わってきて、ゾクゾクした。

鏑木がよければ、自分もいい。

できれば……もっと気持ちよくさせたい。

その一心で気後れをねじ伏せ、いまや完全に勃起した屹立を先端からゆっくりと含んだ。自分のキャパシティがわからなかったので、とりあえず半分くらいまで咥《くわ》えてみた。それだって充分な圧迫感だ。

異物に口腔が馴染《なじ》むのを待って、喉を突かないよう、そろそろと愛撫を再開する。

亀頭を舐め回すのと同時に、根元を指で作った輪で扱《しご》いた。もう片方の手で陰嚢《いんのう》をやわやわと揉み込む。

すると口の中の鏑木が膨張し、鈴口からとろっと粘ついた液体が溢れた。口腔《こうこう》にふたたび雄の味が広がる。

「……む、ん……」

いっぱいいっぱいの欲望が苦しくて黒目が潤んだ。収まりきらずに唇の端から溢れた唾液が、顎を伝って喉を濡らす。

「……上手いぞ……とても……上手だ」

あやすような掠《かす》れ声《ごえ》が聞こえた。

上目遣いで窺《うかが》うと、鏑木はなにかを堪《こら》えるように眉をひそめている。眉の下の灰褐色の瞳はしっとりと濡れていた。時折、尖《とが》った喉仏が大きく上下し、ごくりと唾を嚥下《えんげ》する音が響く。

愛する男の欲情した表情に煽《あお》られ、腰の奥がジンジンと痺れた。

目を細めた鏑木が、大きな手を蓮の髪に潜り込ませ、頭皮を指の腹で擦る。頭皮マッサージが気持ちよくてうっとりした。

「ンっ……ふんっ」

唇を窄《すぼ》め、圧をかけながら屹立を出し入れする。いつしか喉を突くまでの大きさになっていた雄に口の中の性感帯を擦られ、蓮は甘く喉を鳴らした。

だんだんと、下腹部に血液が集まりつつあるのを感じる。

しゃぶっただけで硬くしている自分が恥ずかしかったけれど、体の変化はどうしようもなかった。自分でコントロールできるものでもない。

(……あ)

ついに下着が濡れたのがわかって、顔をじわっと火照らせた瞬間、鏑木が蓮の股間に手を伸ばしてきた。欲望を下着の上からぎゅっと握り込まれた弾みで、口許が緩む。屹立がぶるんと抜け出た。

「……っ……」

唾液にまみれ、ぬらぬらと光る鏑木の欲望が、目の前にそそり立つ。

自分が育て上げた雄の兆しの猛々しさに、蓮は息を呑んだ。

「ブロウジョブで……こんなに硬くしたのか？」

蓮の股間を握ったまま、鏑木が訊く。

「だ……って」

上手い言い訳も思いつかずに俯《うつむ》いていると、鏑木の手が蓮のボトムの前を手早くつろげ、下着ごと下ろした。足から抜いたワークパンツを、地面に放る。

「来い」

腕を引かれた蓮は、Tシャツ一枚という心許ない格好で、鏑木の上に跨《また》がった。二人分の体重を受けとめたデッキチェアがギシッと軋《きし》む。

鏑木が、Tシャツの裾から覗く蓮のペニスを、大きな手で握って扱き始めた。

「ん、あっ……」

直接的な刺激に、喉の奥から声が漏れる。

鼻にかかった嬌声《きょうせい》と、指と体液の摩擦で起こるにちゅにちゅと卑猥な音が、夜の静寂《しじま》に響いた。外でするのは初めてだったが、誰も見ていないと思ってもドキドキする。悪いことをしているような背徳感が、快感を増幅する気がした。

(気持ち……いい)

腰がうずうずと揺れ、勃起の先端から透明な蜜がとろとろと溢れる。

その蜜を鏑木が指ですくい取り、「腰を浮かせろ」と命じた。指示どおりに蓮が腰を浮かすと、後孔に塗りつけてくる。カウパーのぬめりを借りて、鏑木が指を出入りさせ始めた。体の中から前立腺を刺激され、同時にペニスを扱かれて、蓮は喉を反らす。

「あっ……あっ……」

「ここか？」

狙いすましたみたいに、感じる場所を強く擦られ、ひくんっと背中がたわんだ。

「……アッ――っ」

すさまじい快感が脊髄《せきずい》を駆け上がる。ここを刺激されると本当に弱い。

「あっ、ひっ、あっ」

蓮は身をくねらせて悶《もだ》えた。

血液が一気に下半身に集中したせいで酸欠になり、くったりと、鏑木の大きな体に凭《もた》れかかる。体が密着したことで、鏑木の欲望の熱をダイレクトに感じた。

そこはさっきよりもさらに硬く張り詰めていて、太股にそれが触れているだけで、下腹部がズキズキ疼《うず》いてくる。蓮は思わず、自分のペニスを雄々しい屹立に擦りつけた。

「もう欲しいのか？」

耳殻《じかく》に口をつけ、鏑木が掠れた声で囁《ささや》く。意地を張る余裕もなく、蓮はこくっとうなずいた。

顔を上げた刹那、自分を熱く見つめる鏑木の目と目が合う。

灰褐色の瞳の奥に、燃《も》え滾《たぎ》る欲情の焔《ほむら》を認め、急激に喉が渇いた。

カラカラに干上がった喉を開き、震える唇で浅ましい要望を口にする。

「……挿《い》れ……て」

正気じゃとてもできない懇願に、鏑木が息を呑んだ。ずるっと指を抜く。

「あっ……」

抜いた指をもう一度差し込み、浅い場所で抜き差ししつつ、昏《くら》い声が訊いた。

「ここに俺が欲しいのか？」

「ほ……欲しい」

わななく唇で認める。

欲しくて……たまらない。

「鏑木が……欲しい」

ゆらゆらと尻を揺らし、蓮は譫言《うわごと》のように繰り返した。

それだけでは足りない気がして腰を浮かせ、自分が育てた雄々しいものを尻にあてがう。そろそろと腰を落とすと、硬い屹立が後孔に当たった。思い切って体を沈める。ずぶりと先端が突き刺さった。

「ひ、あっ」

黒目に涙の膜が張り、悲鳴が喉から飛び出る。毛穴という毛穴がすべて開き、冷たい汗で全身が濡れた。

何度経験しても、息が止まりそうになる。慣れることなんかできない。

反射的に腰を浮かしかけて、鏑木に腕を摑まれた。

「逃げるな」

正面から、強い眼差しで射貫《いぬ》かれる。蓮と目を合わせたまま、鏑木が腕を下に引いた。

「あぁっ」

貫かれる衝撃に大きく仰《の》け反《ぞ》る。

苦しい。でもさっきの口淫と同じで、苦しいけれど、それが……いい。

生身の鏑木を感じられるから……。

辛いけれど……気持ちいい。

相反する感覚に掻き乱され、全身がざわめく。

「ふ……ふっ……ふ」

浅い呼吸を繰り返し、体を前後左右に揺らして、蓮は少しずつ鏑木を受け入れた。最後はみずからの体重でずぶずぶと串刺しになる。

「――っ――ッ」

声にならない悲鳴をあげ、根元まで呑み込むのと同時に欲望が爆《は》ぜた。白濁が鏑木のシャツに飛び散る。

「……あ……あ……」

放埒の余韻に震える蓮を、鏑木がぎゅっと抱き締めてきた。

「は……ふ……」

固く張り詰めた体に包まれて、喉の奥から熱い吐息が漏れる。

「……蓮」

「……ん……」

「挿れただけでイッたな」

耳許の囁きにぴくりと肩が揺れた。

「イッた？」

「ああ、イッた」

肯定され、じわーっと顔が熱くなる。

咥えただけで感じて濡れて、挿れられただけでイクなんていたたまれない。

身の置き所がない気分の蓮の頭に、鏑木がちゅっとキスを落とした。

「責めているわけじゃない。うれしいんだ」

「うれしい？」

顔を上げると、満足そうな表情とぶつかる。

「それだけ馴染んできた証拠だろ？」

本当にうれしそうな声でそう言った鏑木が、繋がったままの蓮をもう一度抱き寄せた。

大きくてあたたかい体に包まれているのも心地よかったけれど、自分の中で脈打っている鏑木が刻々と存在を増していくのに気を取られる。その熱に炙《あぶ》られ、内包している粘膜がジンジンと痺れてきた。

疼くような痺れを持て余し、蓮は腰を蠢《うごめ》かす。太い脈動で肉襞《にくひだ》を擦られる感触に、「んっ」と鼻から息を漏らした。どうやら達したばかりのソコは、かなり敏感になっているようだ。

鏑木の胸に両手をつき、体をゆっくりと上下、前後に動かしてみる。ほどなくコツを掴んだ。

「ン……ふっ」

動いているうちにもっとダイレクトな快感が欲しくなり、硬い屹立に、気持ちいい場所を擦りつける。張り出たカリで前立腺を擦られて、脳髄まで甘い痺れが駆け上がった。

「は……ふ、あ……はっ」

顔を仰向かせ、陶然と身を揺らしていた蓮は、ふと視線を感じて下を見る。鏑木が目を細めて自分をじっと見ていた。

「……………っ」

みずから腰を振って乱れる姿を鏑木に見られている——全身が火にくるまれるような激しい羞恥《しゅうち》も一助となり、さっき弾けたばかりの欲望がゆるゆると勃ち上がってくる。

騎乗位で腰を振る蓮の痴態を熱く見つめていた鏑木が、手を伸ばして乳首に触れた。

「あっ……」

突起をきゅうっと引っ張られ、びくっと腰が浮く。もう片方の手が残っていた乳首を摘んだ。両方をいっぺんにかわいがられる。

「あっ、アッ、ん」

揉み立てられた乳首からピリピリと微弱な電流が走り、上を向いたペニスから透明な体液が滲《にじ》んできた。とろっと溢れた白濁混じりの愛液が、シャフトを伝ってアンダーヘアを濡らす。繋がっている鏑木の黒々とした茂みまで湿らせていく。

蓮の上下の動きに合わせて結合部から、くぷっ、ぬぷっと淫らな水音が響き、デッキチェアがギシギシと軋んだ。

不意に鏑木が上体を起こし、それによって挿入の角度が変わる。

「……ッ……」

息を詰めた直後、下からずんっと突き上げられた。

「ひ、あっ」

いままでは様子見をしていたのだと言わんばかりに、抑制を解き放った鏑木が、強靱《きょうじん》な腰使いで攻め立ててくる。激しい抜き差しに体が追いつかない。

「アァッ……アあッ」

静寂を破る嬌声をあげ、蓮は鏑木の上で跳ねた。まるでダンスだ。濃厚な快感が体の中いっぱいに膨らみ、全神経を支配していく。指の先までビリビリと甘く痺れて……。

「ぁふ、ん……ン、ふ」

一刺しごとに深く、重くなっていく抽挿《ちゅうそう》に蓮はすすり泣いた。

「い……い……いい……い、いっ」

涙と汗で視界が歪む。蓮だけじゃない。鏑木も汗でびっしょりだ。二人分の汗が体がバウンドするたびに飛び散る。官能が深すぎて頭がクラクラした。

(もう……イキたいっ)

体内で膨張し、暴れ回る熱を放出したい。

出したい！　出したい!!

それしか考えられなくなった蓮は、半泣きで「お願い……っ」と懇願した。

「触って……触って！」

懇願に応えて、鏑木が爆発寸前のペニスに触れた。二、三度擦り上げられただけで射精感がマックスまで高まり、眼裏《まなうら》がスパークする。

「鏑木っ……鏑木っ」

もはやその名を呼び続けることしかできない。

もっと、強く。壊れるくらいに激しく穿《うが》って欲しい。

奪って！　もっと！

蓮の心の叫びをキャッチしたのか、鏑木がラストスパートをかけてくる。叩きつけるように突き上げられ、背中が大きく反り返った。

「っ……イク――っ……」

絶え入るような声を発して最後の抑制を手放す。一瞬の間を置いて鏑木が最奥《さいおう》でドンッと爆ぜた。

（熱い……！）

おびただしい量の精液を浴びせかけられ、仰け反った体がビクビクと痙攣《けいれん》する。

「あ……あ……」

結合部から白濁が溢れ出すのを感じながら、蓮はぐったりと前へ倒れた。小刻みに震える体を鏑木がしかと抱き留めてくれる。

「はぁ……はぁ」

硬い首筋に顔を埋めて息を整えた。鏑木が耳にくちづけ、髪を撫でる。

「蓮……愛してる……蓮」

やさしい愛撫と掠れ声の睦言《むつごと》にうっとりと目を細め、蓮はこれまでで一番激しかった絶頂の余韻に浸った。

後戯のような短いキスを繰り返していた鏑木が、やがて耳許に「蓮」と囁く。

「……もっと欲しい」

まるで満足していない餓《かつ》えた声音に蓮は震えた。

射精直後の鏑木が、まだ欲しがってくれていることがうれしくて。

自分も同じだったから。

「俺も……もっと欲しい」

囁き返して、ぎゅっと首にしがみついた。

「……蓮」

二度も達したのに、もう鏑木が欲しくなっている自分は異常なんだろうか。どこかがおかしいんだろうか。

おかしかったとしても、自分では制御できない。

何度でも、いつまでも抱き合っていたい。ずっとずっと繋がっていたい欲求を抑えられない。

「鏑木……好き……好きだ」

鏑木の頬を両手で挟み、唇に唇を押しつけて吹き込む。

蓮は願った。

このまま時間が止まって……朝がこなければいいのに……。

このまま時が止まって欲しいと願ったけれど、それは叶わない望みだった。

「…………ん」

鏑木の寝室のベッドでゆっくりと覚醒した蓮は、目を瞑《つぶ》ったまま寝返りを打った。ぱたんと投げ出した左手が空を切る。そこにあるはずのものがない違和感に、じわじわと薄目を開けた。

隣で一緒に寝ていたはずの男が……いない？

「……かぶら……ぎ？」

のろのろと半身を起こし、空白のスペースを見下ろした。シーツには人形《ひとがた》の窪《くぼ》みがあり、鏑木が寝ていた痕跡が残っている――。

昨夜は外で抱き合ったあと、室内に入ってからもセックスした。

上になり、下になり、様々な体位で繋がった。

何度も達したせいで、回を追うごとに精液が薄くなり、最後には水みたいにさらさらになった。

酷使した股関節が軋み、鏑木を受け入れ続けた腰も感覚がなくなってきて……。

そうなっても「もっと……お願い……もっと」とせがむ蓮を、鏑木はきつく抱き締めてくれた。

汗に濡れた逞《たくま》しい胸に抱かれているうちに、だんだんと意識が遠ざかり……。

そこから先の記憶がないところをみると、どうやらそのまま眠りに落ちたらしい。

夢の中でも、傍らに鏑木の存在を感じていた。鏑木の側にいると安心する。大きくて硬い肉体に肌をくっつけているとほっとする。子供の頃からそうだった。

なにものにも代え難い精神安定剤。

その鏑木の姿が……見えない。

ただそれだけのことで、蓮の胸は不穏に騒いだ。ランダムな鼓動を意識しつつ、室内を見回す。

壁掛け時計の針は六時五分を指していた。寝室のドアが半分開いており、鏑木がいつも使っているバスローブが見当たらない。

レストルーム？　それともシャワーを浴びているのか？

半開きのドアの向こうに耳を澄ましたが、なにも聞こえなかった。水音も、人が動く気配も感じ取れない。

不安が増した蓮は、建物全体に届くような大声で呼んだ。

「鏑木！」

しかし返事はない。一分ほど待ってみたが、依然としていらえはなく、鏑木が姿を現すこともなかった。

ここで待っていても埒《らち》が明かないと判断し、起き上がるためにベッドから足を下ろす。立ち上がろうとしたが、足腰にまるで力が入らず、へたっと尻餅をついた。関節という関節が悲鳴をあげている。

初めての時も翌日までかなりのダメージが残ったが、今回ほどじゃなかった。

一晩であんなにたくさんしたのは初めてだったから……。

だからといって、いつまでもベッドでぐずぐずしているわけにはいかない。

ハヴィーナから迎えが来る午前九時まで、残り三時間を切っている。自分と鏑木にとって休暇の最後の時間を、一秒だって無駄にしたくなかった。

それに、なんだか妙な胸騒ぎがする。早く鏑木の顔を見て安心したかった。

「……くっ……」

ベッドのヘッドボードに摑まり、腕の力でなんとか立ち上がる。出来損ないのロボットみたいなぎくしゃくとした動きで、かろうじて肘掛け椅子まで行き、背凭《せもた》れにかけたあったバスローブを摑み取った。羽織って腰紐《こしひも》を結ぶ。たったそれだけでぐったり疲れ、息が上がった。四肢が重怠《おもだる》くて、自分の体じゃないみたいだ。

腰の鈍い痛みを堪え、蓮はよろよろと歩き出した。

ドアに向かって数歩行ったところで、内股をつーっとなにかが流れ落ちる。

液体の正体にはすぐ気がついた。

昨夜はゴムを着けなかったし、シャワーも浴びずに寝てしまったから、まだ体内に鏑木の精液が残っているのだ。体液が肌を伝う感覚が気持ち悪かったが、シャワーを使う精神的な余裕はない。

流れ落ちるに任せて寝室を出た。リビングに入って鏑木を呼ぶ。

「鏑木！」

けれど、やはり返答はなかった。焦りがじりじりと込み上げてくる。体の痛みも忘れて、小屋の中を手当たり次第に捜したが、鏑木はどこにもいなかった。

（いない……！）

一瞬、眠っている間に迎えが来て、自分を置いて帰ってしまったのかと思った。

そんな馬鹿げた考えを抱くこと自体、パニックになりかけている証拠だ。

落ち着け。冷静になれ。そう自分に言い聞かせる。

自分を残して鏑木が帰るわけがない。第一、迎えが来るのは九時だ。

でも、ここにいないということは、自分を置いて外に出たのはもはや間違いない。

理由はわからないけれど……。

単なる朝の散歩で、待っていればいずれ帰ってくるかもしれない。そうも思ったが、その待ち時間がいまの蓮には耐え難かった。

急いでシャワーを浴びた。ざっと体を拭《ふ》いて衣類を身につける。

濡れ髪のまま、ワークブーツを履《は》いて小屋の外に出た。

早朝のジャングルは、濃い朝靄《あさもや》に包まれている。

ピチュピチュ、ピチピチ、チチチッ……。

あちこちから、早起きな鳥たちの囀《さえず》りが聞こえた。庭先に立った蓮は、鳥の鳴き声に負けじと声を張り上げる。

「鏑木ーっ、どこだ!? 鏑木ーっ！」

応答を待ったが、聞こえるのは相変わらず鳥の囀りだけだった。

小屋の中にも、周辺にもいないとなれば、残るはジャングルだ。

消去法で答えを導き出し、朝靄が立ちこめる森の中に入る。大きな声で名前を呼びながら、鏑木を捜し回った。

だが、なかなか見つけられない。鬱蒼《うっそう》と樹木が生い茂るジャングルは視界がきかず、数メートル先も見渡せなかった。

（……どこへ行ったんだ……）

思慮深い鏑木が一人で、獣道すらないような森の奥に分け入るとは思えない。

ただし、散歩のつもりで密林を歩いているうちに迷ってしまう可能性はあった。

ジャングルは緑の魔境だ。迷ったことにパニックになって歩き回れば回るほど、どんどん奥へ迷い込んでしまう。そうなったら、捜し出すのは容易ではない。昔はそうやってたくさんのフォレスト・ハンターが遭難し、命を落としたと養父に聞いた。

背中を這い上がる焦燥に、ぎゅっと拳《こぶし》を握り締めた時。右手からガサガサという物音が聞こえた。

（鏑木⁉）

音がした方角に体を向け、息を呑んで物音の正体が姿を現すのを待つ。ほどなく茂みが割れ、ぬっと黒い顔が覗いた。

「エルバ！」

昨夜から姿を消していたが、おそらく一晩じゅう森の中を徘徊して最後の夜を満喫していたのだろう。

小屋に戻る途中で蓮の声を聞きつけ、ここに立ち寄ったに違いない。

「鏑木を見なかったか？」

「グルゥウ……」

落胆したが、すぐに気を取り直して、蓮はエルバの眼を見つめた。

「そうか……」

「エルバ、鏑木を捜してくれ。たぶん森の中にいるはずだ」

承諾の印に、エルバがぱたんと尻尾を地面に打ちつける。

鏑木の匂いを嗅ぎ分けるためか、鼻を上向かせてしばらく髭《ひげ》をピクピク動かしていたが、不意に体を翻《ひるがえ》した。方向転換して駆け出したエルバを蓮も追う。

迷いのない軽快な足取りで、流線型の体が蓮の前を駆けていく――といっても全速力ではない。エルバは蓮がついて来られる速度をわかっている。それでも距離が開いてしまうと、ちゃんと足を止めて追いつくのを待ってくれた。

エルバの誘導で辿り着いたのは川だった。カヌアが横付けしてある桟橋《さんばし》から五百メートルほど上流に遡《さかのぼ》った辺りだ。エルバは川の手前でうろうろしている。匂いを見失ったようだ。蓮はエルバを追い越し、川岸の縁まで行った。

この付近には砂州《プラヤ》がなく、川岸からすぐ下がもう川になっている。流れる川と陸地の境界線ギリギリに立つ一本のヤシに蓮は登った。十メートルほど登ったところで、周囲をぐるりと見回す。

蓮から見て上流側に大きな岩が見えた。ゆるやかに蛇行する川に突き出したその岩の上に、人影を認める。

黒髪だ。均整の取れた長身をミリタリールックに包んだ男。

鏑木だ！

（見つかった！　よかった！）

心から安堵する。エルバのお手柄だ。

声をかけようとして、息を呑み込む。鏑木の様子が普通ではないことに気がついたからだ。

顔は見えないが、微動だにせず、流れる川をじっと見つめている。その体から、ただならぬオーラが立ち上っていた。

まさか……そんな……まさかとは思うけれど。

（飛び込もうとしている？）

脳裏に浮かんだ発想に、背中がひやっとした。

そんなわけがない。鏑木が飛び込み自殺なんてするわけない。

そう否定するそばから、首筋がチリチリと粟立つ。

じゃあなんであんな場所にいるんだ？　なんで一人で川になんか来たんだ……。

心臓がドッドッとすごい勢いで走り出すのを意識する。

居ても立ってもいられずに、蓮はヤシから滑り下りた。川岸から離れ、道なき密林を分け入る。目の前の緑を素手で掻き分け、鏑木が立つ大岩までの最短コースを進んだ。エルバも後ろからついてくる。

手を傷だらけにしながら藪《やぶ》を越えると、鏑木の後ろ姿が小さく見えてきた。蓮は背後のエルバに唸《うな》り声《ごえ》をあげないように言い含める。

みずからも気配を殺して岩に忍び寄った。大岩の突端に立つ鏑木は、深い思索に入り込んでもいるのか、川を見据えて動かない。

鏑木のすぐ後ろまで近づいた蓮は、広い背中にがばっと抱きついた。いきなり抱きつかれた鏑木が、びくっと身じろぐ。反射的に振り払われそうになり、ぎゅっと強くしがみついた。

「いやだ……！」

無意識に、そんな言葉が口をついて出る。

「どこにも行くなっ」

「………」

「行かないでくれ！」

立て続けに懇願の声を発してから、そろそろと顔を上げた。振り返って自分を見ていた鏑木と目が合う。

刹那《せつな》、蓮は違和感を覚えた。

どこがどうとは言えない。神秘的な黒髪、灰褐色の瞳に高くてまっすぐな鼻梁《びりょう》、肉感的な唇——パーツは鏑木そのものだ。だけど、違う。なにかが……違う。

なにを考えているのかわからないポーカーフェイス。

蓮は、厚みのある胴に回していた手を、そっと離した。鏑木が体勢を変えて蓮と向き合う。正面から見た顔は、どこかクールでよそよそしかった。

表情から心は読み取れないけれど、少なくとも、これから身投げしようとしている男の顔じゃない。

（……違った）

川に飛び込もうとしているなんて、どう考えても早合点だった。

一人で勘違いして大騒ぎしたことが恥ずかしくなり、冷静な視線から目を逸らす。

「さ……捜したんだぞ。急にいなくなるから」

「………」

鏑木は言葉を発しない。

「なんでこんなところに一人で……」

「わからない」

「え？」

蓮は顔を振り戻した。

「気がついたら、ここに立っていたんだ」

感情の読めない無表情を見つめて、返答の意味を考える。

気がついたら……ここに？

(どういう意味だ？)

考えても意味がわからず、困惑していると、逆に問い返された。

「蓮、おまえはなぜここに？」

その問いかけにふたたび引っかかりを覚える。今度はさほど時を置かずに、違和感の正体に思い当たった。

——おまえ？

きみ、じゃなくて、おまえ？

記憶を失ってからの鏑木は、蓮を「きみ」と呼んでいた。ちょっと他人行儀な感じがして、はじめはそれが寂しかったけれど……。

　蓮を「おまえ」と呼ぶのは――。

　朝起きた時の妙な胸騒ぎが蘇ってくる。

　ざわざわと胸がざわめき、首筋を冷たい汗が濡らした。

「いま……『おまえ』って言った？」

　躊躇《ためら》いつつ、確かめる。

「言ったが、それがどうした」

　淡々と返され、ドクッと心臓が跳ねた。乾いた唇を何度も舐め、蓮は思い切ってその疑問を口にする。

「記憶が……戻ったのか？」

「記憶？」

「頭を打って記憶障害だっただろ？　だから療養のためにジャングルに来て……」

　すると鏑木が合点がいったかのように「それでか」とつぶやく。

「それで……ジャングルなのか」

「鏑木？」

「いまの説明でやっと、自分がジャングルにいる理由がわかった。俺の最後の記憶は工事現場だ。その後の記憶が抜け落ちていて、気がついたらここにいた」

「……………っ」

　蓮は脳天に鉄槌《てっつい》を振り下ろされたような強い衝撃を受けた。

「嘘……だろ？」

唇から上擦った声が零れる。

「覚えてないのか？　本当に？」

鏑木に詰め寄り、シャツの胸倉を摑んだ。

「記憶障害だった間のことを忘れてしまったのか？　なにもかも……全部⁉」

「どうやらそうらしい」

冷静な声で肯定されて、くらっと頭が眩《くら》む。

記憶が戻る。もしくは戻らない。

その二パターンに関しては、のちの展開を想定していたけれど、どちらでもないこれは想定外のケースだった。

ハヴィーナからの迎えが来る寸前で記憶は戻った。だがそれと引き替えに、記憶障害だった間の記憶が失われた。

鏑木の中から、自分と恋人同士として過ごした時間が消えてしまった。

(嘘だ……そんな)

記憶を失う前と同じように「従」の鎧をすでに着込んだ男を前にして、蓮はゆるゆるとかぶりを振る。

信じられない。

いや……信じたくなかった。

残酷な現実を前に、蓮はおこりのように身を震わせ、立ち尽くすことしかできなかった。

IX

夢の時間の、呆気ない幕切れ。

すべてが一度に終わった。

ジャングルでの休暇が終わり、それと同時に蓮《れん》と鏑木《かぶらぎ》の蜜月も終わりを告げた。

蓮と鏑木、エルバはハヴィーナに戻り、翌日から早速日常業務に復帰した。

鏑木は一ヶ月近いブランクを感じさせない働きで、パーフェクトに業務をこなした。むしろブランクを取り戻そうとしてか、以前より精力的に働いている。

鏑木の記憶が元に戻り、側近に復職して、シウヴァの幹部会も安堵したようだ。

喜んでいるのは幹部会だけじゃない。

アナ・クララはもちろんのこと、休暇中に蓮の代役を務めてくれたソフィアと彼女をサポートしたガブリエル、秘書、留守を預かってくれたロペスを筆頭に『パラチオ　デ　シウヴァ』の使用人たち、鏑木に苦手意識があるらしいジンでさえ、「記憶が戻ってよかったじゃん」と明るい声を出していた。

鏑木を案じていた誰もが、シウヴァの大黒柱の復帰を喜んでいる。

（……自分だけだ）

彼の記憶障害が治ったことを素直に喜べないのは、この世に自分だけ。

それが後ろめたい。罪悪感で心臓がキリキリと締めつけられる。

でも、それ以上に蓮を痛めつけるもの。

それは、喪失感だ。

ジャングルでの二週間が、あまりに幸せだったから。

とりわけ恋人同士として過ごした後半の一週間が濃密で、夢のような日々だったから。

終わってしまったことが、まだどこか信じられない。

劇の途中でいきなり緞帳《どんちょう》が落ち、強制的に舞台から引き摺り下ろされたみたいな違和感が拭《ぬぐ》えない。

ジャングルから戻ったら、本当のことを話すつもりでいた。

ナオミの元へ返すつもりだったのだから、結果としては同じことだ。

だけど、こんな幕切れは想定外で……どうしても現実として受け入れられない……。

『パラチオ　デ　シウヴァ』に戻ってからの蓮は、抜け殻同然だった。

体はハヴィーナにあったが、心はジャングルに置き去りにしてきたまま……そんな気がする。

ここにいるのは偽物の自分で、本物の自分はいまもまだジャングルにいて、エルバと一緒に森を駆け、鏑木とじゃれ合っているんじゃないか。

そんな疑心暗鬼にすら囚われた。

体と心が乖離《かいり》して、身心のバランスが上手く取れない。

よく眠れず、そのせいか昼の業務にも身が入らず、ぼーっとしてしまう。

不安定なメンタルに追い打ちをかけたのが、鏑木の態度だった。

記憶を取り戻したことによって、鏑木は記憶障害になる前の彼に戻った。

心の内側を気取らせないポーカーフェイスで、蓮に対しても主従の一線を引き、決して境界線を踏み越えることのないストイックな騎士《ナイト》としての鏑木に戻った。

一日を通してその顔に笑みが浮かぶことはなく、表情は常に厳しい。

ジャングルでの自由闊達だった鏑木とは別人だ。

いや……別人なのだ。

あれは——あの鏑木は幻。

ジャングルでのみ現れた別の人格。

「彼」は鏑木の奥深くで眠りにつき、もはや二度と現れない。

蓮を愛した「彼」は、二度と帰ってこない。

自分を熱っぽい目で見つめ、やさしくくちづけ、「愛してる」と甘く囁《ささや》き、強く抱き締めて——朝まで一緒に眠った「彼」はもういないのだ。

この世界から消えてしまった。

(もう……いない……いないんだ)

漸《ようや》く実感が胸に迫ってきた三日目の夜、蓮は一人ベッドで泣いた。

悲しみのダムが決壊したように、涙が溢れて止まらない。

泣きすぎて体じゅうの水分を出し尽くしてしまったように感じても、不思議と涙が涸《か》れることはなく、次から次へと溢れ出る。

失ってしまったものの大きさに打ちのめされ、明けることのない絶望の闇の中、朝まで泣き続けた。

ブランクを埋めるための過密スケジュールをこなしつつ、さらに三日が過ぎた。

その間の蓮は、ほとんど使いものにならなかった。鏑木や秘書がフォローしてくれなかったら、取り返しのつかない大失態を犯していただろう。

これまでも、ホームシックや祖父の死、アナの誘拐などで仕事が手につかないことはあったし、前日までの三日間も大概だったが、それでもこの三日に比べればいくらかましだった。

それくらいに酷い有り様で、それはとりもなおさず、蓮の受けたダメージの大きさを物語っていた。

愛する人を失った喪失感を精神が受けとめきれず、傷心のあまりに感情が休眠《スリープ》してしまったのだ。

感情が動くと、どっと悲しみが押し寄せてくるのがわかっているので、無意識に休眠状態《スリープモード》に入ったのかもしれない。一種の防御反応だ。

これまでは、どんなに苦しい時でも、シウヴァの名前を汚してはならないという使命感が蓮を支えていた。その気概が支えとなって、顔を上げ、背中をしゃきっと伸ばすことができた。

でも今回ばかりは、当主としてのプライドも、蓮に前を向かせることはできなかった。

考えることが辛くて思考も停止してしまったので、仕事相手の顔と名前が覚えられず、挨拶もまともにできない。

スケジュールも頭に入って来ないので、操り人形よろしく、指示のままに動くのみ。会議でも一言も発言せずに、人の話をぼんやり聞いているだけ。

そんな腑抜け状態の蓮を、鏑木は黙ってサポートしてくれた。小言一つ口にしないで、蓮の失態の数々をカバーしてくれた。

蓮の代わりにスピーチを受け持ち、会議を取り仕切った。パーティでもみずから率先して挨拶をして回った。蓮は鏑木の横で突っ立っていただけだ。

朝まで泣いた翌日から、自主的に行動を起こしたことは一度もなかった。

仕事では鏑木に、屋敷ではロペスに、なにもかも任せきりだった。

使用人に傅《かしず》かれることを厭《いと》い、できることは自分でやる主義の蓮が、生気のない顔つきでただぼーっと椅子に座っているので、見かねたロペスが「お手伝いいたします」と手を出してくる。

服の脱着から洗顔や歯みがき、入浴まで、すべてをロペスに委ね、蓮は生まれたての赤ん坊のように、されるがままだった。

当主が一切の気力を失ってしまった理由がわからず、ロペスも当惑しているようだったが、分を弁《わきま》えた彼は、問い質《ただ》すような真似はしなかった。もしかしたら鏑木に相談していたのかもしれないが、蓮にはなにも言わず、誠心誠意尽くしてくれた。

唯一、蓮の鏑木への恋情を知っているジンは、言わずともジャングルでなにかあったと覚ったらしい。

蓮の尋常ならぬ様子を見て、失恋したとアタリをつけたのだろう。こういった時は慰めの言葉は逆効果だと思ったのか、放っておいてくれた。

アナやソフィア、ガブリエルは、鏑木の復帰から日を追って緊張が解け、気が抜けたのだと解釈したようだ。こちらも必要以上に構わず、距離を置いてくれた。

それら周囲の理解やサポートもあり、蓮は三日間自分の殻に閉じこもって、どっぷりと失恋の痛手に浸ることができた。

沈んで沈んで、一番底まで沈み切れば、あとは浮上するしかない。三日三晩続いた不眠も、さすがにこれ以上続くとまずいと脳が判断したのか、ハヴィーナに戻って一週間目の夜には眠ることができた。というか、いつの間にか眠っていた。

翌朝、深い眠りから目覚めた蓮は、体の覚醒と時を同じくして、凍《い》てついていた感情が溶け出したのを感じた。どうやらスリープモードが解除になったらしい。

感情が動き出したら出したで、胸の傷がズキズキと疼《うず》く。昨日までは感じなかったのに、まるで麻酔が切れたみたいだ。けれど痛みの感覚が戻ってきたことによって、生きていると実感することができた。

「お目覚めでございますか、レン様」

いつもの問いかけが聞こえる。このロペスの声も、昨日までは耳にフィルターがかかっているかのように、どこか現実味に欠けて遠かった。でも今朝はちゃんと聞こえる。

ロペスが窓に歩み寄り、カーテンを開けた。シャッと音がして、寝室が明るくなる。朝の陽射しの眩しさに、蓮は目を細めた。光を感じるのもひさしぶりだ。この三日は昼夜にかかわらず、曇天《どんてん》のごとくぼんやりとしか感じられなかった。

ワゴンを押して天蓋《てんがい》付きの寝台まで近づいてきたロペスが、蓮に朝の挨拶をする。

「おはようございます」

「……おはよう、ロペス」

ロペスがはっと息を呑んだ。両目を見開いたかと思うと、皺深《しわぶか》い顔がみるみる崩れていく。

「……レン様……っ」

感極まったような声を発し、口許を手で覆った。その目には涙が光っている。

昨日までの蓮が話しかけてもまったく返事をしなかったので、反応があったことがうれしかったのだろう。

涙ぐむロペスを見て、本当に心配をかけてしまったのだと思った。

「取り乱しまして、申し訳ございませんでした」

ほどなく、そう謝罪したロペスが、取り出したハンカチでそっと目許を拭う。

「ロペス」

「はい、なんでございましょうか」

「心配かけてごめん。もう大丈夫だから」

「……レン様」

また、くしゃっとロペスの顔が崩れる。だが今度は涙を堪《こら》え、「ただいま、お目覚めの紅茶をご用意いたしますね」と言った。

ロペスが淹《い》れてくれたミルクティを飲み、蓮はやっとまともに回転し始めた頭で考える。

母の体内のように心地いいからといって、いつまでも繭《まゆ》の中で丸まっているわけにはいかない。

胸を掻きむしるほどに辛い試練が降りかかり、のたうち回るくらいに苦しくても、人生は続いていくのだから。

自分が生きている限り、シウヴァのトップとしての使命が消えてなくなることはない。

そして自分がシウヴァの当主である以上、側近の鏑木との二人三脚は続いていく。

彼が自分のものにならなくても、ナオミと結婚して家庭を持ち、子供をなしても……それは続く。

この先、もっともっと、幾度も心が折れる出来事が起こるだろう。

鏑木との道行きは、自分にとって苦難の連続だ。

だからといって離れたくはない。

蓮を愛してくれた「彼」が消えてしまっても、鏑木を好きな気持ちは少しも揺るがなかった。

蓮にとっては、ジャングルでの大らかな鏑木も、ハヴィーナでのクールな鏑木も、どちらも同じ鏑木であることには変わりがない。

ずっと一番近くで自分を支えてくれた——どんな時も身を挺《てい》して自分を護ってくれた騎士《ナイト》。

自分を愛したことを忘れてしまっても、他の女と結婚しても、嫌いになんかなれない。

鏑木と共に行きたい。それがどんな茨《いばら》の道でも——。

改めて自分の希望を胸に還《かえ》す。絶望のどん底にあっても消えることのなかった切なる想いだ。

そのためには、ここで躓《つまず》いてはいられない。

強くならなければ。

（鏑木を想い続けるために……）

意志を固めて寝台から下りる。今朝はロペスの手を借りずにシャワーを浴び、テラスでエルバと一緒に朝食を摂《と》った。

「グォルル……」

生肉を食べたエルバが機嫌のいい声を出す。このところ蓮の様子がおかしかったせいで、シンクロ率が高いエルバも元気がなかった。三日間残していた餌《えさ》を、今朝は全部食べた。

蓮も用意された朝食を残さずに完食し、ロペスを喜ばせた。

気持ちを立て直すにはまず、体力を取り戻すことだ。明日からは早起きして、敷地内を走ろう。

朝食後に、ロペスが用意したスーツに袖を通し、自分でネクタイを結ぶ。きゅっとノットを締めて気合いを入れた。

(よし)

もうすぐ鏑木が迎えに来る。これ以上、鏑木に負担はかけられない。心配もかけられない。

だから、もう大丈夫だと態度で示さなければ。

そう心に刻んでいると、コンコンコンとノックが鳴り響いた。心臓が跳ねる。

(鏑木だ！)

ロペスが主室のドアを開き、鏑木を迎え入れた。今朝は濃紺のスーツに臙脂色《えんじいろ》のネクタイを身につけている。

「ヴィクトール様、おはようございます」

「おはよう、ロペス」

ロペスに挨拶をした鏑木が、やや緊張の面持ちで、主室のソファに腰掛ける蓮を見た。今朝の調子を確認するような眼差しを向けてくる。蓮の顔に視線を据えていた鏑木の双眸《そうぼう》が、ほどなく見開かれた。

「蓮、おまえ……」

「おはよう、鏑木」

蓮はすっと立ち上がり、ドアの前に立ち尽くす鏑木まで歩み寄る。背筋をぴんと伸ばして、瞠目《どうもく》する男の顔をまっすぐ見つめた。

「心配かけてすまなかった」

「……蓮」

「もう迷惑はかけないから安心して欲しい。今日のスケジュールを聞かせてくれ」

その日一日、蓮はなんとか最後まで業務をやり切った。

無論、まだ本調子にはほど遠く、鏑木の手を何度も借りたが、ミスは犯さなかった。議論にも参加して自分の意見を述べ、みずからの判断でジャッジを下した。

ノルマを終えたリムジンの後部座席で、やり遂げた達成感に虚脱していると、鏑木が「疲れたか？」と尋ねてくる。

「……少し」

「今日はがんばったからな。とても立派だった」

労《ねぎら》われて、背中がくすぐったくなった。

なにげない一言や仕草でテンションが上がったり下がったり。鏑木の一挙手一投足に影響を受ける自分のメンタルを思い知る。

今日一日、蓮が持ち直したことにほっと胸を撫で下ろしている鏑木の心情が、言動の端々から伝わってきた。

これ以上、廃人同然の状態が続くようなら、もはやフォローしきれない。シウヴァの当主がおかしくなったとマスコミに騒がれる前になんらかの手を打つべきだと、鏑木は考えていたに違いない。側近として当然の見解だ。

まずは病気ということで休ませる。長びくようなら療養を兼ねて極秘裏にどこかの施設に入れる。あらゆる可能性とその対応を思い巡らせ、密かに施設の検討もしていたはずだ。

そう思って正面から顔を見ると、疲労の影が、従来の彫りの深さを際立たせている。

ぱっと見は、きちんと鬚《ひげ》も剃《そ》っているし、髪も整えてある。スーツの着こなしといい、例によって隙のない男ぶりだが……。長いつきあいの蓮の目には、隠しても滲《にじ》み出《で》る疲れが見て取れた。

振り返ってみれば、記憶が戻ってすぐさまハヴィーナに戻り、翌日から仕事に復帰して、ブランクを感じさせない働きを見せていた。その三日後には蓮がおかしくなって、今度はそのフォローに腐心した。

一瞬たりとも気の休まる暇がなかったのだろう。

ふと、思った。

そういえば、ハヴィーナに帰ってきてから、ナオミと連絡は取ったんだろうか。

これまでの経緯を説明したんだろうか。

この忙しさでは、そんな時間もなかったんじゃないのか。

許婚《いいなずけ》と連絡が取れずにナオミは心配しているかも……。

そこまで考えて、不意に顔をしかめる。

それは鏑木とナオミの問題で、自分には関係のないことだ。

（もう考えるな）

たとえ二人が結婚したとしても、自分は生涯鏑木を想い続けると決めたのだから。

切ない決意を噛み締めていると、リムジンが停車する。いつの間にか『パラチオ　デ　シウヴァ』に着いていた。

リムジンから降りた蓮の傍《かたわ》らに、当たり前のように鏑木が寄り添い立つ。

鏑木が蓮と距離を置くようになってからはエントランスで別れていたのだが、この三日間は蓮の足許が覚束《おぼつか》なかったせいもあり、部屋まで送ってくれていた。

今夜も念のために、部屋まで付き添うつもりだろう。蓮としても、鏑木と少しでも長く一緒にいられるのはうれしいので、有り難く好意に甘えた。

館内に入り、肩を並べる。鏑木は無言で歩き続け、一言も話しかけてこない。蓮も黙って歩いた。

コツコツ、カツカツ。

板張りの廊下に二人分の靴音だけが響く。

ひたすら沈黙が続き、ついに我慢できなくなった蓮は、目の端で隣の様子を窺《うかが》った。

鏑木は、まっすぐ前方を見据えて、蓮のほうをちらりとも見ようとしない。部屋まで送ってくれはしても、馴《な》れ合《あ》うつもりはないようだ。


厳しい表情を盗み見ながら、以前の鏑木に戻ってしまったことを思い知る。

改めての喪失感に、喉許から零れそうな嘆息を堪えた。

やがて鏑木が蓮の部屋の前で足を止める。ドアを開けて蓮を先に通し、そのあとで自分も室内に入ってくる。夜の十時を過ぎているので、ロペスはすでに下がっていた。エルバも寝室で寝ているようだ。

蓮は無人の主室の中程まで歩を進め、そこで立ち止まった。振り返って、鏑木と向かい合う。

リムジンの中で見た時は疲労の影を纏《まと》っていたが、こうして面と向かう際には、わずかな隙も蓮に見せない。

私情を完全に封じ込めたポーカーフェイスの中に、無意識に「彼」の面影を探した。

けれど見つからない。

本当に「彼」は消えてしまったんだろうか。

——俺の最後の記憶は工事現場だ。その後の記憶が抜け落ちていて、気がついたらここにいた。

あの衝撃の告白から、ショック状態のままハヴィーナに戻り、その後すぐに業務に追い立てられ——喪失の実感が湧いてからは自分の殻に引きこもっていたので、鏑木にいま一度確認する機会がなかった。

あんなに激しく求め合ったのに。

一週間、乾く間もなく抱き合って過ごしたのに……全部忘れてしまったのだろうか。

ジャングルでの日々を、なに一つ覚えていないんだろうか。

いまさらな疑惑だとわかっている。鏑木がそう言っているのだからそうなのだろう。

打ち消すそばから、疑念が湧き上がってくる。

(でも本当に？　まったく？)

少しくらい覚えていないのか？

あの時は忘れていたとしても、この一週間で少しずつ記憶が戻ってきたりはしていないんだろうか。

こんなふうに考えること自体が未練がましいとわかっている。

仮に思い出していたとしても、それを自分に言わない——それこそが鏑木の答えなんだろうということも。

(わかっている……わかっているけど)

訊きたい。確かめたい。

いや……駄目だ。そんなことをしてなんになる。

もう終わったんだ。ここはジャングルじゃない。

もともと、ハヴィーナに戻れば打ち明けるつもりだった。騙《だま》していた事実を告白するはずだった。

そうしたら、あのままの関係ではいられなかった。

鏑木の記憶があっても、なくても……終わっていたんだ。

葛藤しつつ自分を説き伏せていると、鏑木が口を開く。労《いたわ》るような声が「お疲れ様」と言った。

「今日は疲れただろう。バスで体の緊張をじっくり解《ほぐ》してから就寝してくれ」

「…………」

「明日はいつもの時間に迎えに来る。――おやすみ」

そう告げて踵《きびす》を返す。ドアに向かって歩き出したスーツの背中に、得も言われぬ焦燥感が込み上げる。

(行ってしまう……っ)

「鏑木!」

気がついた時には呼び止めていた。鏑木が足を止める。

「なんだ?」

振り返って尋ねてきた。

けれど、蓮には答えられない。自分でも、どうして呼び止めたのかわからなかった。

わななく唇を二、三度開閉させたのちに、ぎゅっと拳を握り締める。じわじわと俯《うつむ》き、つぶやいた。

「……なんでもない」

三十秒ほど前頭部に鏑木の視線を感じていたが、蓮が床を見つめて顔を上げずにいると、その気配が消える。カツンと床を打つ靴音が響いた。カツカツカツと続き、ほどなくガチャリとドアノブが回る。

キィ……バタン。

ドアの開閉音を聞いた直後、ふっと目の前が暗くなった。張り詰めていた緊張の糸が切れたのか、体から力が抜けて、膝がカクッと崩れる。そのまま絨毯《じゅうたん》に膝をついた蓮は、ゆっくりと俯《うつぶ》せに倒れ込んだ。

「蓮!」

切羽詰まった声が聞こえ、はっと目を開くと、鏑木が血相を変えて駆け寄ってくるのが見えた。

「あ……」

起き上がろうとして両手をついた瞬間、右の肘にズキッと痛みが走り、顔をしかめる。鏑木が「手をつくな！」と鋭い声で制した。その剣幕に驚いてフリーズした蓮を、鏑木が抱き起こす。

「大丈夫か？」

「だい……じょうぶ……ちょっと目眩《めまい》がしただけ」

鏑木がほっと息を吐き、さらに「肘は大丈夫か？」と尋ねてきた。

「……平気」

「……ソファまで移動しよう」

鏑木に支えられながらソファまで辿り着き、腰を下ろす。背凭《せもた》れに背中を預けた蓮の前に、気遣わしげな表情の鏑木が立った。

「廊下に出たところで倒れるような音が聞こえて……戻ってみてよかった」

「……そうだったんだ。ありがとう」

もしかしたら、自分の様子がおかしいと気になっていたのかもしれない。

また心配をかけてしまった。もう迷惑はかけないと誓ったばかりなのに。

申し訳ない気分で、蓮は鏑木に声をかけた。

「もう大丈夫だから、下がっていいよ」

「本当に大丈夫か？」

確認の問いかけに「うん」とうなずく。鏑木だって疲れているはずだ。一刻も早く自宅に戻りたいだろう。

「バスを使って寝るから」

「そうか。……じゃあ俺も下がる。おやすみ」

「おやすみ」

鏑木がふたたび下がっていく。

その広い背中を見送りながら、蓮はつと眉をひそめた。いまの一連の流れの中で、なにかが胸に引っかかっていた。

（……なんだ？）

閊《つか》えている箇所を突き止めようと思考を巡らせていると、脳裏に先程の鏑木の台詞《せりふ》が蘇ってくる。

――肘は大丈夫か？

他のどこでもなく、鏑木はまず肘を心配した。

確かに、蓮の右肘の捻挫《ねんざ》は完治していない。負荷をかければいまでも痛む。でも外から見てわかるほどじゃないはずだ。

「待て！」

蓮の声に、いままさにドアから出ようとしていた鏑木が足を止めて振り返った。

「どうした？　やっぱりどこか痛……」

「なんで知ってるんだ？」

言葉尻を奪うように問いかける。鏑木が怪訝《けげん》な顔をした。

「なにがだ？」

「俺が肘を捻挫していることだよ」

その瞬間、鏑木がかすかに身じろいだのを、蓮は見逃さなかった。反応してしまった自分に苛立つように、眉間《みけん》に縦皺《たてじわ》が刻まれる。

「それは……おまえの様子を見ていればわかる」

苦し紛れの言い訳を、蓮は「嘘だ！」と糾弾した。

「俺自身が傷《いた》めたのを忘れていたくらいだ。庇う素振りなんか一切していない。絶対わかりっこない」

追い詰められた鏑木の顔つきがいよいよ厳しくなる。

蓮はソファから立ち上がり、黙り込む男に歩み寄った。すぐ手前で足を止め、眉根を寄せたまま固まった表情《かお》をまっすぐ見据える。

「俺が捻挫したのはジャングルだ。夜のジャングルで木が倒れてきた時に捻《ひね》って傷めたんだ。それを知っているってことは、ジャングルの記憶があるってことだ」

鏑木が苦しそうな顔をしたが、蓮は追及の手を緩めなかった。

「覚えているんだな？」

射貫《いぬ》くような強い視線に、鏑木の瞳が揺らぐ。

「……………」

「本当は覚えているんだろ？　忘れたなんて嘘なんだろ!?」

問い詰めているうちにだんだんと気持ちが昂《たかぶ》り、尻上がりに声が大きくなる。最後は目の前の鏑木に叩きつけるように叫んでいた。

「全部覚えてるんだろっ！」

鏑木が、止めていた息をふーっと吐く。もはやシラを切りとおすのは困難だと覚ったのか、観念したかのように低音を落とした。

「ああ……覚えている」

蓮の全身に身震いが起こる。

（やっぱり……！）

「い……つから……？」

鏑木が諦念を帯びた表情で語り出した。

「すべての記憶が戻ったのは、ジャングル・クルーズの夜だ。木が倒れてきて、おまえが俺を突き飛ばし、後頭部を強く打ちつけた時だ。どうやら障害のきっかけと同じタイプの衝撃を受けたことによって、記憶が元に戻ったらしい」

記憶が戻ったのは最終日の朝ではなかった？

言われてみれば思い当たる節がある。後頭部を打った直後あたりから、鏑木の様子は変だった。物思いに沈むことが多くなり、一人でなにごとかを考え込んでいるふうだった。

（覚えていた……覚えていたんだ）

じわじわと実感が込み上げてくる。

あの時間が、消えてしまったわけじゃなかった！

体の中で歓喜が膨らむ。だがその歓喜のバルーンはさほど長く保《も》たずに小さく萎《しぼ》んだ。

鏑木が覚えていたという事実より、それを自分に隠したことのほうが、より重大だと気がついたからだ。

記憶が戻ったことを蓮に打ち明けず、なおさら忘れたフリをした。

それは鏑木が、二人の蜜月をないものとする選択をしたということ。

頭ではわかっていても、感情的に受け入れられず、蓮は鏑木を責めた。

「なんで忘れたフリなんかしたんだよ？」

鏑木が精悍《せいかん》な貌《かお》に苦悶《くもん》の色を浮かべる。

「記憶を取り戻してからの一日半、悩み抜いて下した決断だ」

「だからなんで!?」

蓮は非難の声を張り上げた。いままで必死に堪えていた分、一度堰《せき》を切ってしまうと自分でも抑えがきかなかった。

「記憶を失って判断力を欠いていたとはいえ、俺はおまえとジャングルで親密な時間を過ごした。だが記憶が戻ったいま、その時間を認めるわけにはいかない。認めておまえを受け入れたら……シウヴァはどうなる？　シウヴァを支えるべき俺が、この手でシウヴァの未来を閉ざすわけにはいかない」

「…………」

「俺は亡きグスタヴォ翁《おう》に死の間際に誓った。……おまえを……シウヴァを護ると」

それを持ち出されると辛い。蓮もまた、祖父の臨終に際して誓ったからだ。

シウヴァを護る、と。

同じ境遇だからこそ、鏑木の苦悩は手に取るようにわかった。

「鏑木が……俺よりたくさんのものを乗り越えなければならないのはわかっている。おまえは年上だし、側近として俺を支える立場だ。それに……」

脳裏にナオミの顔が浮かぶ。強くて美しい鏑木の許婚に、蓮は心の中で謝罪した。

ごめん……。

謝って済む問題じゃないことはわかっている。

他人《ひと》のものを欲しがり、あまつさえ略奪しようとしている自分の醜さもわかっている。

でも鏑木だけは……譲れない。譲りたくないんだ。

もうこの気持ちを抑えることはできない。

あの時間をなかったことにはできない。

知ってしまったから。

愛し、愛される悦《よろこ》びを——。

「そんなおまえのために、俺にできることがそんなに多くないのはわかっている」

蓮は、無力な自分を認めた。

「この先の道行きが困難なのもわかっている。誰にも祝福されないであろうことも覚悟している。でも俺は、おまえが一緒にいてくれるなら、どんなに辛い試練でも乗り越えられる」

「…………」

蓮の訴えにも、鏑木は険しい顔つきで無言を貫く。

なにも言わない鏑木に苛立ち、蓮は目の前の男のスーツの襟《えり》を摑んだ。

「なんで黙ってるんだよ？　じゃあ訊くけど、おまえは忘れられるのか？　二人の間になんの垣根もなかった……お互いの距離がいままでで一番近かったあの時間を忘れられるのか⁉」

鏑木の目の奥に、深い懊悩《おうのう》が透けて見える。

「俺はできない。絶対できない。おまえとのあの時間をなかったことになんかできない！」

ほとんど叫ぶように蓮は言い立てた。

「だって、これまでの人生で一番幸せだった時間だから。俺は、おまえと抱き合いながら、このまま時が止まって欲しいと願っていた」

「…………」

「鏑木は？　違うのか？　ジャングルで誰にも邪魔されずに二人きりで……幸せじゃなかった？」

問いかけに、鏑木はしかし、唇を引き結んで答えない。その眉間には苦悩の楔《くさび》が打ち込まれている。

なにを言っても駄目なのか。鏑木の本音を引き出すことは不可能なのか。

それほどまでに、シウヴァへの忠誠心の牙城を崩すのは至難の業なのか。

いつかのガブリエルの台詞が蘇る。

――彼は誰も愛したりしない。

――彼がなにより大事にし、優先するのはシウヴァ家だ。

――彼にはシウヴァの呪いがかかっているんだよ。

――人間ですらない相手に勝つことは不可能だ。恋敵としては最強にして最悪だね。

昏《くら》い絶望がひたひたと押し寄せてきて、蓮はスーツの襟から手を離し、だらりと腕を下げた。

口説き文句も、説得の言葉も尽き果てて、蓮はただ一つ自分の胸に残っている想いを、シンプルに伝える。

「俺は……おまえを愛している」

もうそれしか術《すべ》がなかった。他になにも浮かばない。

「……愛してる」

繰り返して下を向く。泣いている顔を見られたくなかったからだ。

懸命に嗚咽《おえつ》を堪えていると、不意に二の腕を摑まれた。ぐっと力を入れられて、顔を上げる。

鏑木の真剣な眼差しと目が合った。灰褐色の瞳は、少し濡れているように見えた。

(まさか……泣いて……？)

「蓮……」

やっと口を開いた鏑木が、掠《かす》れ声《ごえ》で名前を呼ぶ。

「おまえが屍《しかばね》のようだった三日間、生きた心地がしなかった。俺の偽りのせいで……強い碧《みどり》の光を宿すおまえの目が木の洞《うろ》のようにうつろになり、刻々と生気が失われていくのを見るのは辛かった。心臓にナイフを突き立てられ、全身を火で炙《あぶ》られているようだった」

「……鏑木」

「このままおまえが元に戻らなかったら……おまえという輝きを失ってしまったらと思うと……頭がおかしくなりそうだった」

冷静かつ的確に蓮のサポートをする陰で、鏑木がそんな苦悶を抱えていたなんて……。

「今回のことで改めて思い知った。いや……わかっていたが、長い年月みずから押し殺し、胸の奥深くに封印してきた。そうせざるを得なかったからだ」

懊悩の末に腹をくくったかのように、鏑木が蓮を揺るぎなく見つめる。

「俺にとってシウヴァよりも大切なものがあるとすれば……それはおまえだ。——蓮」

「鏑木……？」

耳を疑った。震え声で確かめる。

「シウヴァよりも？」

「ああ……シウヴァよりも」

鏑木が厳《おごそ》かな声音で認めた。深い低音が胸にじわじわと沁《し》み入《い》る。

それでも、すぐには信じられなかった。

鏑木にとって自分がシウヴァより上だなんて……信じられない。

「初めてジャングルで見つけた時から、おまえは俺にとって特別だった。おまえは俺の運命。人生そのものだ、蓮」

「人生……そのもの」

重みを持った告白を嚙み締める。

「だが、俺たちが互いの想いを貫くためには、それと引き替えに、たくさんのものを犠牲にしなければならないだろう。おまえも多くのものを失う。本来ならばおまえがその手で摑むべき栄光を、手放さなければならないかもしれない。俺はそれが怖かった。——蓮、一度踏み出せば、二度とは引き返せない道だ。

おまえにその覚悟があるか？」

覚悟を問われた蓮は、神妙な面持ちで首を縦に振った。

「さっき言っただろ。おまえと一緒なら、どんな苦しい道行きだって耐えられる。どんな試練だって乗り越えてみせる」

愛する男に懸命に訴えかける。鏑木に比べれば自分は若く、その言葉に重みはないかもしれない。でも本気なんだとわかって欲しかった。

「おまえがいない人生は、俺にとってなんの意味もない。俺はおまえが手に入るなら、すべてを失ってもいい。おまえ以外、なにもいらないんだ」

人生をかけた口説き文句に、鏑木がじわりと目を細める。

「おまえだってそうだろう？　俺なしで生きていけるのか？　俺を欲しくないのか？」

確認を迫られた鏑木が、どこか哀切を帯びた微笑を浮かべた。

「欲しいに決まっている。なによりも、誰よりも、おまえが欲しい……蓮」

真摯《しんし》な声が告げる。

鏑木に初めて「欲しい」と言ってもらえて、蓮をこれまでで最大級の歓喜が包み込んだ。

胸が震え、眦《まなじり》が熱く濡れて、指先が甘く痺れる。

「鏑木……っ」

我慢できずに、蓮は愛する男に抱きついた。すぐに抱き締め返される。痛いほどの抱擁《ほうよう》に背中がしなる。

抱き締めてくる男の腕の強さに、蓮はしばし酔いしれた。

「……蓮」

首筋に顔を埋《うず》めた鏑木が、噛み締めるように名前を呼ぶ。

「鏑木……好き……好きだ」

蓮も、溢れる想いを言葉にした。

やがて抱擁を解いた鏑木がくちづけてくる。

もう二度と触れることは叶わないと思っていた唇の熱に、蓮の心と体はゆっくりと充《み》たされた。

舌を絡ませ合う深い口接から、お互いの唇を啄み合う軽めのキスまで、蓮は幾度も求め、鏑木も応《こた》えてくれる。

漸《ようや》く興奮が少し収まって唇を離し、額と額をくっつけた。灰褐色の瞳に自分が映り込んでいる。

見つめ合い、微笑み合った。

鏑木が慈しむように蓮の耳に触れ、耳朶《じだ》をやさしく引っ張る。

「蓮……愛している」

「俺も……俺も……」

そこから先は胸がいっぱいになって言葉が出なかったので、代わりに蓮はもう一度キスをせがんだ。覆い被さってきた熱い唇に唇を押しつけ、逞しい胴に腕を回す。

自分たちは、想いが通じ合ったからといってハッピーエンドなわけじゃない。

むしろこの先が長く、苦難の道程であることはわかっている。

だけど、鏑木と一緒なら乗り越えられる——そう信じたい。

信じるしかない。

「……ベッドに行こう」

蓮は恋人の腕を引いて寝室に誘った。

鏑木の中のシウヴァに勝てたいまだけは、なにもかも忘れて抱き合い、二人で歓喜と快楽の渦《ボツ》にダイブしたかったからだ。

POSTSCRIPT

KAORU IWAMOTO

またしてもお待たせしてしまいました。

プリンス・オブ・シウヴァシリーズ三作目『黒の騎士《ナイト》』をお届けします。『碧《みどり》の王子』でジャングルから始まりましたこのシリーズ、前作『青《サファイア》の誘惑』は首都ハヴィーナが主な舞台でしたが、今作はふたたびジャングルがメイン舞台となります。

もともとジャングル萌えが高じて始めたシリーズですので、密林を描くのはすごく楽しかったです。資料映像を繰り返し観て、資料本を読み込み、写真を脳裏に焼き付け、はりきって執筆に挑みました。

執筆が半ばに差し掛かったところで、タイミング良く、上野にて「大アマゾン展」が開催され、原稿の合間に観に行くことができました。大規模な展示や資料の数々も興味深かったですが、売店に見たことがない写真集やDVDが並んでいてテンションがダダ上がり。いそいそと買い込み、帰りは本の重みで地獄を見ました(笑)。

そんなこんなが、ジャングルの描写に生かされているとうれしいのですが、いかがでしたでしょうか。ツイッターとブログをやっておりますので、よろしかったらご感想などお寄せいただけると、大変に励みになります。よろしくお願いいたします。

Lotus Annex http://www.k-izumi.jp/iwamoto/
Lotus Annex：岩本薫公式ブログ
ツイッターアカウント：@kaoruiwamoto

さて、この『黒の騎士』にて、蓮と鏑木の関係は大きな節目を迎えました。詳しくは本文を読んでいただくとして、私もやっとここまで来た！　と感無量です。本当に長かった……！　いや、そう思っていらっしゃるのは読者の皆様のほうですよね。私の手が遅いばかりに、本当に長らくお待たせしてしまいました。

ここまでじっくりと取り組ませていただけるのは、ＢＬというジャンルにおいては珍しいことなのかもしれません。大河アマゾンのごとき包容力でこのシリーズを見守ってくださっている読者の皆様、担当様、編集部の皆さんには感謝の気持ちでいっぱいです。ありがとうございます。

そして、蓮川先生にはありったけの感謝を。今回も、皆様すばらしい表紙にうっとりされていることかと思います。もちろん私も魅了されて、もうどれだけ見入ったかわかりません。本文をお読みいただくと、どのシーンなのかがおわかりになるかと思いますが、緑の上に重ねられた黒が本当に素敵です。夜のジャングルを描いてくださると聞いてからずっと楽しみにしていて、ラフで驚喜し、仕上がりのカラーを拝見して乱舞いたしました。お忙しいなか、本当にありがとうございました！
今後とも、どうかよろしくお願いいたします。

一区切りはつきましたが、お話はまだまだ続きます。次作は、これまでよりは間を空けずにお届けできる予定ですので、次のタイトルには何色がくるかを予想しつつ(笑)、しばしお待ちいただけますと幸いです。
次作でお会いできますことを楽しみに。それまで皆様、お元気でお過ごしください。

岩本薫

SHY NOVELS

黒の騎士 Prince of Silva

SHY NOVELS332

岩本 薫 著

KAORU IWAMOTO

ファンレターの宛先
〒101-0065 東京都千代田区西神田3-3-9大洋ビル3F
(株)大洋図書 SHY NOVELS編集部
「岩本 薫先生」「蓮川 愛先生」係
皆様のお便りをお待ちしております。

初版第一刷2015年9月11日

発行者	山田章博
発行所	株式会社大洋図書
	〒101-0065 東京都千代田区西神田3-3-9大洋ビル
	電話 03-3263-2424(代表)
	〒101-0065 東京都千代田区西神田3-3-9大洋ビル3F
	電話 03-3556-1352(編集)
イラスト	蓮川 愛
デザイン	川谷デザイン
カラー印刷	大日本印刷株式会社
本文印刷	株式会社暁印刷
製本	株式会社暁印刷

ISBN978-4-8130-1300-6